U0918143

作者近照

作者秋叶，原名赫连佳新（笔名有佳新、秋叶、小成、赫连）。中共党员，满族，新中国同龄人。研究生学历，高级工程师。生于东北，成长于内蒙古，曾经在经济领域工作多年。

他的作品主要有长篇历史小说《关东秋叶》一、二、三部，诗歌《秋叶诗选》一至五辑，中长篇小说《黄河岸边的孩子》《翡翠公主》《电脑骑士》《幽灵球队》《叶赫食府》等。作者在写作历史题材的同时，也关注了现代和未来，他的中篇小说《叶赫食府》就是描写当前老百姓的故事，而《电脑骑士》和《幽灵球队》则是关注了科技发展中的事情，对未来科技人与机器之间的关系表示了一定的忧虑。

作者在创作超长篇小说《关东秋叶》的同时，又写作了几千首诗歌，被读者称为小说、诗歌、词曲的“三栖老头”。

# 秋叶散文诗选

第三辑

——秋天的诗

秋叶◎著

中国文联出版社

图书在版编目（C I P）数据

秋叶散文诗选. 第三辑, 秋天的诗 / 秋叶著. -- 北京 : 中国文联出版社, 2022.9

ISBN 978-7-5190-4961-4

Ⅰ. ①秋… Ⅱ. ①秋… Ⅲ. ①散文诗－诗集－中国－当代 Ⅳ. ①I227.6

中国版本图书馆 CIP 数据核字(2022)第 174965 号

作　　者　秋　叶
责任编辑　周小丽
责任校对　潘传兵
装帧设计　晓　攀

出版发行　中国文联出版社有限公司
地　　址　北京市朝阳区农展馆南里 10 号　　　　邮编　100125
电　　话　010-85923025（发行部）　　010-85923091（总编室）
经　　销　全国新华书店等
印　　刷　中煤（北京）印务有限公司

开　　本　710 毫米×1000 毫米　　1/16
印　　张　15
字　　数　150 千字
版　　次　2022 年 9 月第 1 版第 1 次印刷
定　　价　56.00 元

# 站在诗歌的后面

常言道:“诗咏志，歌抒情。”我在创作小说的时候，喜爱用诗歌来加强文学作品的艺术效果，同时抒发在生活中产生的激情，以及对那些黑暗和消极现象进行鞭挞。在长篇历史小说《关东秋叶》《关东秋月》《伯芳奇缘》《乌兰布和的沙枣树》中，我创作了大量的各类的诗和词，以丰富人物的形象。在这个散文诗集中，节选了我在生活中所写的一部分白话散文诗，以及在文学作品中的诗歌。

以前我特别推崇以白描为主的风格，但是如今我开始转变诗歌的风格，尽量细腻而多变。我的自由体白话诗，基本遵循了写实的风格，坚持诗歌的韵脚，不跨诗体的规矩，但又不拘泥于诗中的遣词用字。我的诗歌内容，包含了对大自然的歌颂和对生活的热爱，体现了注重民族团结，爱人民爱国家的胸怀。

这些诗作，都是我不断学习的结果，当然也有灵感来的那一刻，引导我的创作。用我自己的话来说:“最喜欢的是描写家乡和歌颂祖国母亲……因为我爱家乡的山坡和小溪，我爱祖国的每一寸土地。”对于自由体诗，我多年来一直坚持不用朦胧诗的方法表达，“因为爱和恨……就要直接表达出来”。我特别喜欢尼采的一句话:“读书给我更多的憩息，引导我散步在别人的知识与灵魂当中。”确实，除了广为学习博采众长之外，我在每一首诗里，都倾注了自己真实的感情。

我孜孜不倦地创作，就是遵循尼采大师说的那样：“每一个不曾起舞的日子，都是对生命的辜负。”

时至今日，我这个共和国的同龄人，已经进入古稀之年，可是在创作和求知的道路上，还需要像青年人那样，孜孜不倦地努力奋斗。正像一位作家说的那样：“你只要学会利用好每一分钟的时间，就一定会为自己创造出辉煌的生命篇章。”

诗人 秋叶

# 目　录

## 一　秋天的诗


秋盈的家乡 …… 003
秋红的黄昏 …… 005
西湖观秋荷 …… 007
心中的芳华 …… 009
秋天的荷香 …… 012
秋天的回忆 …… 015
秋叶的执着 …… 018
秋时自勉 …… 020
秋的味道 …… 022
诗　意 …… 026
心灵的净土 …… 028
黄河望秋 …… 031
梦幻的恋歌 …… 033
文学的田园 …… 035
诗意的春和秋 …… 037

秋的音乐 …… 040
相守的人生 …… 043
鸟和鱼 …… 046
秋天的色彩 …… 048
情感的真谛 …… 050
秋天的期待 …… 053
秋雨缠绵 …… 056
雨天的思绪 …… 058
秋日思念 …… 060
生命的章节 …… 062
秋　问 …… 064
圣洁的雪花 …… 067
树下秋雨 …… 069
音　乐 …… 071
诗人的哲学 …… 073
音乐里的文学 …… 075
春　黄 …… 078
品茶人生 …… 080
秋的安然 …… 082
观书西厢 …… 084
西湖情 …… 086
秋　天 …… 088
油画里的家乡 …… 090
坚持正确 …… 092
秋　歌 …… 094
感慨青春 …… 096
家乡的画 …… 098

哈素海的黄昏 …… 100
回忆的温馨 …… 102
孤芳自赏 …… 104
踏雪怀春 …… 106
五月的惋惜 …… 108
莫尼山 …… 110
在梦中 …… 111
燃　烧 …… 114
心灵的追寻 …… 116
生活的期许 …… 118
阿拉善一瞥 …… 120
金　秋 …… 122
倩　影 …… 124
雪的诗意 …… 126
光阴的舞者 …… 128
梦里青春 …… 130
夏日夕阳 …… 133
初　春 …… 135
无　奈 …… 137
秋天的影子 …… 139
日　月 …… 141
秋色黄昏 …… 143
静　心 …… 145
夏天的爱 …… 147
孤独的执着 …… 149
五月的回忆 …… 151
夜　读 …… 153

诗词的恋情 …… 155
五月的怀念 …… 158
文字的缘 …… 160
文学的佛缘 …… 162
秋叶诗词 …… 163

## 二　纪念党的百年诞辰

党的旗帜 …… 167
百年辉煌 …… 171

## 三　蒙古民族传说

那达慕 …… 177
安代舞的传说 …… 183
蒙古长调的魅力 …… 188
盅碗舞 …… 191

## 四　义勇军赞歌

雪中行军 …… 195
美丽的雪花 …… 196
向东方 …… 198
沙枣花开 …… 200
沙与湖 …… 201
亲　人 …… 202
宝格达山 …… 203
家　乡 …… 204
春　天 …… 205
二师军歌 …… 206

爱情的蜿蜒 …………………………………………………… 207
我爱你，在那贝加尔的湖滨 ………………………………… 208
白桦公主 ………………………………………………………… 211
安宁的塔城 …………………………………………………… 214
美丽的塔城 …………………………………………………… 215
美丽的新疆 …………………………………………………… 217
新疆的四季 …………………………………………………… 218
塔城美 ………………………………………………………… 219
巴音布鲁克 …………………………………………………… 220
回　家 ………………………………………………………… 221
沙　暴 ………………………………………………………… 223
山丹马场 ……………………………………………………… 224
怪石林 ………………………………………………………… 225
石林峡谷 ……………………………………………………… 226
石　林 ………………………………………………………… 227

# 一

# 秋天的诗

# 秋盈的家乡

家乡的秋色，牵动着游子的心，
忘不了黄河湿地的，湖水丰盈，
莫尼山，那遮天蔽日的白桦林，
达尔罕草原，湛蓝天空的白云。
美丽的蒙古姑娘，清澈的眼睛，
内蒙古草原人民，纯洁的心灵。

北依的青山，朦胧着绿植辉映，
南接黄河，玉带蜿蜒碧波荡漾，
湿地水草鱼虾丰美，鸥鸟翱翔，
北方浑厚粗犷，浩瀚蒲草丛生。
我惊奇，看到江南水乡的精灵，
这里有着，塞外西湖绝妙美名。

莫尼乌拉，把热土紧紧地相拥，
秋色晚霞染红，那高耸的山顶，
桦树丛林，那白裤绿衣的笔挺，
我赞美大山绅士，高贵的从容。

山中清澈溪水叮咚，奔流淙淙，
横亘的雄伟，抵挡袭来的寒风。

辽阔草原上，片片洁净的白云，
那是茂明安牧人，秋肥的羊群。
碧绿的草原上，是湛蓝的天空，
游荡在草原上，那嬉笑的秋风。
这里的蓝天碧草，都尽收眼底，
家乡景色壮阔，震撼我的心灵。

白云鄂博，那里有稀土的精灵，
几百种稀有的资源，已经探明。
一千五百万吨钢水，飞花四溅，
包克图，祖国北疆的草原钢城。
这里到处鲜花盛开，绿树成荫，
美丽的家乡，包克图秋色盈盈。

# 秋红的黄昏

坐在毡包门外，看那秋色黄昏，
西去的太阳，渐渐让天色更红，
晚霞漫天，像燃烧的烈火熊熊，
山坡落叶飘飘，地上铺满了星星。

火红的秋叶，随着嬉笑的秋风，
在多彩的树枝上，舞蹈欢腾。
那些黄叶，伴随秋风喜悦欢欣，
从树枝跃下，激动地拥抱大地母亲。

秋草尖上，是落日霞天的辉映，
掠过草原，愉快嬉笑的是秋风。
秋晚落日，那白色是归来的羊群，
轻风送来几朵，湿湿的秋云。

淅淅沥沥的雨雾，顷刻即停，
七色的彩虹，立刻布满天穹。
淡去的云朵，带来了空气清新，

褪去的红色，渐渐没入黄昏。

黑马在催我，使劲地响鼻频频，
黄狗低声咆哮，咬着我的袖襟，
我知道它们是在催促和提醒，
快上马吧，敖包下还有——
等待你的美丽的斯琴。

# 西湖观秋荷

一袭白发，在小屋里展开思绪，
远观着荷塘里，荷花粉白如玉。
杨枝柳丝，尚在风中轻柔摇摆，
古稀尽在笔墨中，追寻着欢愉。
徘徊书屋里，微笑诗中意。

西湖竹青燕鸣，隔窗欣赏荷趣，
秋色已露，莲瓣落塘逐流而去。
花开花落观红尘，一隅又四季，
绿叶粉荷白藕，世间追随相系。
书写人生中，淡淡的相遇。

看那凡尘世间，何止百味千趣，
荷花恬淡高雅，洁身不染尘滴。
莲蓬善良，莲子使人清心寡欲，
莲藕洁身自好，美人身出污泥。
平凡出高贵，善良动天地。

夜莲粉瓣轻轻收，月夜美人去，
朦胧影有形，依稀荷塘水中伊。
月光吻荷尖，塘中衔瓣游花鲤，
清凉直入怀，晚风摇叶蛙跳去。
谦恭静明月，清风夜习习。

守护着心中荷花的，亭亭玉立，
润泽着一生感悟的，荷香飘逸。
风晓卷绿荷，人生奋斗多艰毅，
秋风寄人语，只送暗香满塘溢。
此生愿为荷，终身为布衣。

# 心中的芳华

秋天是一首，长长的诗，
秋天是一幅，美丽的画，
秋天是一曲，高亢的歌，
秋天是一壶，醇香的茶。
秋天是我心中最美的芳华。

秋天带着，丰富的情感，
像读诗一样，抑扬顿挫地表达，
层林尽染，秋霜高挂，
美妙诗的果实，和黄昏的晚霞。

用赞美，描写清晨的朝霞，
浓妆的秋叶，淡抹的芦花，
诗句惊起，秋色涟漪和浪花，
肺腑的清凉，像捻指荷香飘洒。

秋天的画笔，色彩缤纷落下，
那火红的主调，是激情的挥洒。

把远山涂上，重重的笔画，
夕阳下的大地，火焰般盛开的花。

秋色展示着，绅士般的风雅，
五彩的秋叶，雨点般地落下，
那是画笔在，饱含亲情的体现，
象征生命对大地母亲，爱的报答。

秋天的歌，用深情和豪迈表达，
变幻声部唱出，收获和心情的变化，
收获的音符，是绚丽的色彩。
歌声中都是喜悦的，怒放心花。

浑厚的嗓音，唱出渐深的暮色，
那是夏绿的孤傲，和冬白的潇洒，
季节的更替，跳动着活泼的音符，
深秋渐变的树林，依然秀硕挺拔。

秋天是一壶，醇香的茶，
在一片淡淡的，夜光之下，
流淌着，秋天的身影和神韵，
发酵着，香气扑鼻的茶花。

明净的秋月，更是多情无瑕，
把清丽的余晖，在秋韵上铺洒，
沐浴在这片，银白的月辉之中，
给秋韵的茶香，把宁静添加。

吟诵了诗句，也作完了油画，
唱完了赞歌，又饮过了茶，
轻轻地呼吸，浅浅地微笑，
会感到秋的宁静，和梦幻般的优雅。

盈盈秋水词语，温柔明净的诗话，
暮色浸染七彩人间，那是绝美的图画。
一泓浓情高歌，音符生动地奔撒，
让秋色永远美好，展示着心中的芳华。

# 秋天的荷香

深秋急风掠去，雨云渐渐歇息，
荷塘粉媚朵朵，花瓣纷纷落浴。
花美无瑕，藕白如玉。

花草争奇斗艳，秋阳热情洋溢，
荷莲傲然怒放，含笑款款依依。
水中映月，端庄玉立。

时时楚楚动人，粉荷花苞欲滴，
柔婉腼腆少女，通体馥郁明丽。
笑含羞迹，花美妍丽。

绿蓬浮波贴水，叶展掩藻戏鱼，
巨盘朝夕承露，荷盖倾水如盂。
叶盘默默，翡翠莹绿。

和风缓缓香气，微风轻绕柔叙，
深情风浓相迎，池塘浮萍幽地。

秋风轻轻，浅浅嗅去。

粉荷胜若精灵，不沾烟火俗气，
莲叶如盖似伞，浮萍似毯裙第。
蜻蜓挺立，青蛙小憩。

粉朵昂首傲立，绿叶俯身眉低。
一抹清凉小曲，莲子清香远溢。
妙姿仙貌，玉骨冰肌。

露水晨落玉盘，手中晶莹透剔，
微风倾有珠落，塘中潺潺涟漪。
叶的呢喃，温情满溢。

似情若水梦里，恍惚眼前迷离，
美人楚楚生怜，轻轻娓娓相叙。
美目泪滴，低眸无睇。

注视眸眸迭香，倾听荷之心语。
芬芳沁心身醉，拥之销魂沁脾。
皓齿明眸，柔情四溢。

荷仙回眸顾盼，粉朵眼波流睇，
花瓣盈情难忘，朵朵流香四溢。
蜻蜓点荷，雨后欢愉。

窈窕佳人咫尺，荷香总在梦里，

心中萦绕再叙，何时人间迎娶。
佳人凝眸，痴痴不语。

馥郁凝脂沾衣，嫩蕊摇芳萦鼻，
娇羞喃喃低语，只有来生相遇。
醒来香飞，人痴神迷。

# 秋天的回忆

节气入秋，燥热渐去，
坐享着一杯茶的香气，
眼前倒映着，昔年的流溪，
那些停留缠绕的思绪，
深深地，淡淡地，萦绕着你，
回味过了，却深陷浓意。

那一抹，执念的味道，
是散落在时光中的花絮，
湮灭在哪里，都是诗的一季。
秋的等待，想起柔润的秋雨，
漫过清心，想着词语，
我沉浸在诗的歌声里。

青青涩涩，暖心的你，
像柳丝轻柔，划过眉心荡涤，
虽柔心已入怀，却像浮萍又飘去，
袅袅婷婷地，留在我的心里。

渐渐地，深深地，那样清晰，
是初春的挑逗，却留下了寒意。

深秋旧梦，萌发新曲，
在悄悄温热的那壶，相思的酒里，
去梦中浇灌，那枝花的艳丽。
妖娆妩媚，从容地盛开在心底，
思念的渡口，小船靠岸已几许，
秋色风光旖旎，似乎在催红绽绿。

柔润绿茵，漾起清逸，
娓娓道来，执拗的惦记，
遥念着阕阕诗词，搁浅的古序，
执着那平仄跳动，韵脚的须臾，
蘸着馥郁，留下丰盈的墨迹，
切切地，感受那花蕊的气息。

风光读透，流转季季，
生命便在水墨丹青的画里，
一笔在心，修剪秋枝枯叶落地。
或是初心无机，抑或年年欢喜，
时光与生命，无论花开花去，
都是鲜红的一朵，暖暖的一季。

吟墨静放，心绪自语，
淡淡的深秋，旧念暖暖浮起，
用思念踏着静悄悄的步履，

缓缓回到青春的岁月里，
雀舞欢愉，时光的尽头寒霜起，
又一次，拿起诗情画意的笔。

# 秋叶的执着

窗外风沙萧瑟，北国秋色渐寒，
梦中渴望着，那幅春暖的画卷。
在那里把期盼的，青翠涂抹完，
在山山水水之中，尽情地安然。

总想在春水的，诗情画意里面，
又不会忘记，枝头红叶的执念，
多少已经被摇落的，渴望情缘，
眼前又出现，江南绿色的雨烟。

携着诗词高歌在，古道和山巅，
字字珠玑，叩响着文学的门环。
行行词韵飘洒，月色西厢情缘，
碧水照影缅怀着，轩窗的情怜。

关东秋叶飘着，先辈多少寒暖，
笔耕默默地，执着寂寥微澜，
已是深秋季节，不惧瞬息万变，

迫切着语句成章，诗词的变幻。

莫要遗漏点滴，自是一缕余念，
立志把握，初心始终未有改变，
秋叶下笔千言，再续诗词篇篇，
奋笔疾书革命先烈，万众怀念。

跌宕着的词句，暖起关东旧念，
红色记忆里，那披荆斩棘再现，
张开诗词韵脚，佳句翩翩连贯，
平平仄仄清晰，娓娓字里行间。

桃杏馥香，郁郁粉荷飘落瓣瓣，
诗词莞尔起舞文字，馨香温暖。
写山写水写人，那事那月那年，
诗词小说，故事永远情深不断。

# 秋时自勉

捻灯花轻挽笔，红烛泪干，
清新墨迹留下妙语珠连，
无论时光怎样过去，日月改变，
只有文学创作，都是词句光鲜。

笔耕在风沙迷漫的北国春天，
哪管腾格里沙漠，夏季火热炎炎，
塞外阴山的秋色寒风凄然，
冬季兴安岭的白雪漫漫无边。

朗朗晴空的白日，如雨般挥汗，
皎洁的月光下，又是通宵达旦，
多想留住那，潺潺流淌的时间，
作品不断延展，在字里行间。

诗词的枝桠，就像青翠的云杉，
独芳关东秋叶，百年抗争的纪念，
浅唱阕阕青词的墨味诗歌，

书写那人世间，爱恨情长余年。

年华走过了，江河湖海和山巅，
汹涌的黄河流过时代的痴缠，
抓住那穿行在光阴中的沉香，
深刻地记载，历史印迹的每一段。

笔下遍地是春情，和煦清风不断，
莫忘家乡深情，牢记祖国之暖，
流云顾盼，义勇捎去笺笺想念，
抵达新疆壮举，人民倾情的夙愿。

在文学创作的大海里，尝试深浅，
文学花朵悄然，墨迹摆在面前，
妙句展露，嫩绿簇簇红花妩媚间，
婉婷之美再现科幻，花开春暖。

妙语曼吟春色美，那是四季的期盼，
飞笔点墨漫游梦影，西湖竹帘，
沿着思绪，提笔渲染心中的想念，
在金秋里努力，再行舟万水千山。

# 秋的味道

季节在人们的心中，
都有着无穷的魅力，
以四季自身特有的韵味，
来全面地解析。

比比冬天的银装素裹，
春天的雍容华丽，
看看夏天的纷繁绚烂，
秋天的清雅大气。

每个季节的颜色，
都会引人怜爱在心底，
秋天的色彩，
铺满色彩缤纷的画布。

装载丰硕的喜悦，
尽显生命的活力，
在繁荫下的赤橙黄绿，

寻味以往的足迹。

初秋的味道，
还附着园中浓浓的绿意，
叶儿上的露珠，
已经不用再对阳光躲避。

那段夏梦的迷雾，
正是初秋淡淡的气息，
清凉伴随着炎热，
淡黄依然茂盛的草地。

仓满粮丰果香十里，
菜畦里还是深深的墨绿，
赞叹秋的真心实意，
在果实芬芳的国度里。

撇去了夏的铺张浮夸，
只是让大地渐渐地休息，
秋天雨水的淅沥，
是四季在抚慰大地。

初秋走到仲秋里，
多了缥缈虚幻的错意，
白日真实的春夏，
早晚已有似冬的寒气。

这样独特的氛围，
然则那秋就在其间，
只有月圆清香迎面袭来，
才是秋真正的心绪。

灿烂的阳光映照着，
深秋那金黄的落絮，
黄昏的温暖和明亮，
也带来风儿的淘气。

此刻初秋的梦想，
也能够寻得秋的痕迹，
那七彩林径依稀，
落叶飘满了整个林地。

深秋的夕阳，
从未似春夏般夺目绚丽，
却带着自己的清雅，
留下最深刻的记忆。

渐渐地暖透你的心房，
把秋获悉在梦里，
在秋的每个角落，
都寻得到生命的痕迹。

秋天这个季节，
充满了丰富内涵和蕴意，

灿烂生命的每个角落，
积蓄期望的气息，

为漫漫的人生道路，
增添了更多的动力，
要问我秋的味道，
就是丰富多彩的四季。

# 诗 意

生活感悟不淡然，俗世纷纷乱，
何人能做道和仙，云水度华年。

有人纸醉又金迷，起舞霓裳衫，
多少迷途不知返，晚醉卧榻间。

我悟诗词歌赋中，含笑意连连，
翩翩诗句美如画，美景观云烟。

书卷涵香墨吟词，极目凭栏远，
执笔素心温婉韵，荡漾咏诗篇。

花开阡陌香彼岸，感慨文字间，
心灵墨笔轻挥洒，年华彩漫天。

字飞词舞凝芳华，断桥情感天，
诗句馥郁溢馨风，入梦笑酣眠。

遥望梁祝凝愁绪，执手默凄然，
白蛇苦雨惆怅溢，婉约赋诗怜。

百语千曲飘烂漫，千词彩虹艳，
明月华夏映幽韵，繁星捧诗联。

岁月轻柔凝芳华，香婉弹指尖，
如水年华转瞬逝，诗词垂幽帘。

清词幽句淡无痕，携韵逸诗言，
匆匆岁月累诗篇，七载也悠然。

# 心灵的净土

读书吧，书本是知识的家园，
知识的种子，在你心灵的港湾，
找到一块净土，耕耘芬芳心苑，
在那纯洁的沃土，成长得恬静悠然。

总有一天，那些看过的诗篇，
使你张口韵律，凝结诗言，
知识像沐浴阳光和雨露，
你慢慢就会张开，诗人的风帆。

读书吧，广大的青年，
不要让垃圾碎片，把心灵污染，
执笔舒韵律，婉约吟诗言，
静夜一袭清风，盼你多读书卷。

缓缓来，要看名著的整篇，
在文学中体会，人们的苦辣辛酸，
时空会轻载文字，在书中依稀梦幻，

漫步书海生香韵，文采霓裳霞衣染。

喜爱文墨醇芳温婉，你会深入书卷，
文字会在你的唇间，谈吐浅浅笑靥，
潜移默化在字里行间，频频故事出现，
盈笑情怀淡淡，英雄花开花繁。

相逢攀登书山，各类人物英魂方显，
黄金屋里几色盈，书中饱含喜乐悲欢，
爱情传说似仙，杭州化蝶翩跹，
唐宋词章素绢，环顾万里江山。

婉约芳入卷，倾世出美艳，
五洲水云间，句句情深望千年，
凝思似海，往事如烟轻轻飘远，
历史尘烟，梦微澜，东方巨龙芳华现。

心灵诗语思翼，周身墨香芬芳伴，
伸手采一朵红云，织出锦梦几卷，
用千年的守望，挥洒书案流传，
夜空幽静，倾诉不朽的眷恋。

霓裳舞羽纯净心田，执八方文绢，
诗中舒袖飘暗香，抚琴奏曲述文卷，
独芳幽兰，墨香叙千年，文学芳菲恬。
东方红尘五千载，诗词谱绝恋。

书中时时飞花，家国凝安然，
从来善良和正义，牢牢固守魂魄间，
在心灵的净土上，徜徉文学的渊源，
文笔凝结真理，营造纯洁芬芳文苑。

# 黄河望秋

蓦然回首，秋天已悄然来到身旁，
独自黄河边，想把这秋色品尝。

两岸落叶纷飞，秋色已是满目皆黄，
站在飞跨桥上，遥想秦古道绵延的前方。

雾气苍茫，秋雨霏霏飘洒纷扬，
眼前隐约，汉代九原历史的繁忙。

秋雨急急落下，在河面上叮咚作响，
纷飞的雨滴，在空中缠绵着清凉。

两岸延伸的墨绿，是等待收获的秋粮，
秋雨淅沥的跳跃，心中那远去的疏朗。

微风缭绕拂脸，秋雨停下它的匆忙，
云开露出斜阳，水面上红色的反光。

就像装点起来的节日，亮闪着明艳的金黄，
抬手遮光，眯起眼睛远远地观望，

河中红色长长的波纹，托着圆圆的太阳，
那红、那金、那黄，渐渐地在变换着模样。

想起王维的诗句，感慨着千年边塞凄凉，
如今座座黄河大桥飞架，感受到时代的匆忙。

此时夕阳像醉酒斟秋，品茗茶道沸水忙。
黄河桥上举目，感叹长河落日的悲壮。

回去路上，处处是树头攒动的红光，
仔细观望，秋是一片喜庆的七色绽放。

过去总会感觉，秋悲寂寥的凄凉，
今天体会着，生活带来的欢畅。

# 梦幻的恋歌

看到你的时候，一定是在我的梦中，
没人知道，我多喜欢你跳动的身影，
小时候我就产生，五彩斑斓的幻境，
故事总在梦里，安慰着渴望的心灵。

因为关东的历史，表现英雄的化身，
这才使我疏离了，奇妙的梦中情景，
昨天梦里你找到我，一下睡意全清，
科幻激动地亲吻，把我使劲地摇醒。

对你的执念，一直在宇宙蓝色天空，
那些变幻的情节，就是对你的深情。
梦中想着，意大利教堂失窃的画卷，
在贝加尔湖底，能潜入大海的怀中。

白天又开始，在书房里构思着情节，
我与科幻的缘分，真的比海洋还深。
构思着奇妙的故事，让那浪涛波涌，

像对诗歌那样深情，展开幻想的心。

这是久违的牵挂，真实与幻觉并存，
我构思着变幻又莫测，神奇的一生。
此时思路大开，又打开科幻的大门，
就像春后蔓藤，扩展着创作的生命。

在我灵魂里，早就融入科幻的彩虹，
故事的主题，都是幻想情节的倒影。
深夜的梦境，道出心底深处的心语，
从小到大的牵挂，对你深深的钟情。

以前的墨迹，只留下两本小册凋零。
曾经拥有幻想，是那个瞬间的心灵，
科幻作品，是我最爱那创作的盛宴，
法国凡尔纳大师，撼动我真实的生命。

暖阳秋风，奇幻故事里有很多温情，
白发头脑里，是岁月中最美丽的风景，
红尘里，我为读者又盛开一朵海棠，
异彩纷呈的科幻里，活跃着不朽的灵魂。

# 文学的田园

婉约的文字，激起心灵的感叹，
灵犀的描写，凝结了岁月漪涟，
一卷风花雪月，多少静夜独倚栏杆。

送来喜悦，天空仿佛一片海蓝，
书中遨游，在文字中寻找温暖，
不会忧伤，依偎着字句恬静酣眠。

家乡那片挚爱，是力量的源泉，
深情在此凝结，那喜悲就在眼前，
雪花飘散，将真爱永留人间。

文学是心灵的港湾，寻觅乐土箴言，
意韵轻拂云水，波动你那年轻的依然，
词句像朵朵花儿，凝结着芳华美艳。

多想住进去，黄金屋的灿烂，
爱的湖水温柔，与恬美相悦相伴，

轻轻陶醉人生，悠然着跳动的梦幻。

文学是一朵白云，偶尔会漂浮在身边，
惊讶和欢喜，都需要阅读的时间，
化作飘逸的心雨，深深地走进心田，

在芬芳的花季，去寻觅文学的田园，
那是心灵的港湾，水面浪花连连，
月光如水，又是秋风飘过窗前。

# 诗意的春和秋

梦从秋里回，情在春光起，
梦中的物景是春秋相生实虚，
何尝不是，春的梨花带雨在写意？
秋又落了几片红叶，飘飘徐徐。

朝霞的火焰，黄昏的淅雨，
最美的回忆，便在这秋色里。
读者的愉悦，繁花处静静休憩，
却不知，深情创作的春色秋意。

在秋湖里，有最生动的小舟春意，
春美的画卷，浸染在红叶的时光里。
盈盈秋水间，微风默默得春语，
字里行间，你触摸到温柔几许？

诗句能把春的激情，融化在泪珠里，
在轻轻低眉的瞬间，又看到你，
春的思念，拥抱着果实的笑容，

春歌的音符，满满的都是秋的痕迹。

秋色中蓝天的流云，像春天洒脱飘逸，
无瑕的秋韵，装点着春梦的波涛浪起。
秋给安详的心境，又添加了从容几许，
像春光普照的诱惑，完全无法抵御。

喜欢秋的沉默不语，还带有春的气息，
那鲜活的生命力，让人触手可及。
轻拂的诗句，像在撩人似的荡涤，
秋风已过之处，是否还能花开一季？

秋是大自然的努力，带来了满目馥郁，
枝头的果实，坠坠七彩的暖怡，
描摹书画着，春的明媚和笑意，
轻轻墨笔一叶，便催生出秋的菩提。

秋色静守着孤独和盛放不语，
思念着春的时光里，那最动情的诗句，
看深秋的力量，在悄然长成，
生成眸间的秋彩，像春风清徐白云低。

依然贪恋着时光里，春的庭院，
花盆中有弱弱的，青苗一缕，
风寂夜静，默默的小屋灯光不息，
在暗香涌动的词句里，都是春的笑意。

诗和歌都来自，简静的生活经历，
白发依然保留着，早年深深的记忆，
所有的幸福与欢乐，同春秋在一起，
沿着岁月，走完那雨落心湖的轨迹。

寻找属于自己，最初的春心萌动，
耳边的发丝苍苍，不经意时光流去，
倘若有什么事，永远无法忘记，
必然是文学和诗歌里，表达的深情厚谊。

拉长思念，心中深深春的暖意，
依然留在文字和诗歌，那秋的天涯里，
静默着心中，那些没有完成的标题，
在诗和文学的春天里，结出硕果秋意。

# 秋的音乐

秋天处处有美妙的声音，
那是多彩的景色在奏鸣，
从清晨露珠的滴答开始，
到秋风弹拨弦乐的黄昏。

音乐和诗歌一样傲人，
都是游移的高雅灵魂，
秋天的色彩就是乐曲，
晚霞是大地万物的和声。

朝霞开始一天的提琴声，
那是收获的欢喜和兴奋，
秋日午时的晴朗，
悠扬的横笛是风声飘向天空。

秋晚的小雨像敲击钢琴，
好像沮丧疲惫的心情，
大提琴的深沉是密布阴云，

双簧管将圆月高挂晴空。

秋的音乐松弛了夏季的紧张，
还有烦躁的心情，
秋的音符带来了，
清凉和淡然催眠的宁静。

秋的乐曲描述着辛勤的劳动，
那是流着汗水的沉浸，
春的播种和夏的耕耘，
才能带来秋的收获冬的储存。

秋乐诠释着生命，有春的轻柔，
夏的粗犷，秋的沉静，
秋天的乐章是雨后的彩虹，
那颜色就是季节的心情。

小号像秋风吹响了挣扎的人生，
没有奋斗是乏味的生命，
落叶合唱表达了情绪的酣畅，
是四季拼搏的回味无穷。

秋天的暴雨降临，
带来的演奏是锣鼓喧鸣，
大自然的激怒，
用声响来安慰那些累累的伤痕。

秋天的美好常常在不经意间，
被乐曲在瞬间唤醒，
秋雨绵绵像沉睡的往事，
也有满怀的惊喜与感动。

秋凉的旋律有些伤感，
果实丰盈让你立刻热泪奔涌。
把秋晚当作音乐会吧，
在红叶飘飘落下时静听秋风。

秋的音乐在岁月深处，
色彩是变换的音符带来的激情，
偌大的宇宙穹隆，
有什么能比得过秋天的抚慰与包容。

感受着色彩变幻带来的乐感，
内心那莫名其妙的深沉，
秋天有着飘然出世的感觉，
心中只剩下音符的跳动。

# 相守的人生

文字莫名来到我的宇宙穹隆，
那时我接触图画还懵懵懂懂，
随后我又走进文学的世界里，
这才发现了万花盛开的园林。

文字和诗歌展开美妙的面容，
从此为我那蒙眬的眼睛启蒙，
极为幸运地邂逅了文学姑娘，
决定了一生不离不弃的感情。

注定我的机缘和随后的一生，
就像世界上无数的摩肩接踵，
与文学的相遇真是非常幸运，
那时的我是读《三字经》的幼童。

从此对文字有了诺言和担承，
我们终于一起走到白发飘尘，
对文学的挚爱已是天地可鉴，

像壮丽山河相偕着浩瀚星辰。

世界纵使到了某一天的清晨，
记忆在我的时光里无踪无影，
对文学我的心依然无怨无悔，
用我的笔去描写宇宙的无穷。

文学姑娘有着最高尚的精神，
这样就决定了我一生的命运，
从此总是牵挂着文学和诗歌，
用深爱和仰慕相伴文学终身。

我的内心里文学充满着激情，
她不停地振奋我平淡的余生，
虽然诗里描绘柴米油盐酱醋，
在词句里歌颂着艳丽的秋风。

今生我与文学诗歌心心相印，
文字和美妙的诗词处处相逢，
诗人随着文学走向贫瘠土地，
不要管那些狂风暴雨的前程。

桃花娇嫩含苞欲放在诗词中，
六月的江南在书中温婉可人，
桂花那沁人心脾诗句的香甜，
蜡梅盛放在勇士爬冰卧雪中。

一个追逐文学到远方的诗人，
对文学诗歌有着最深的感情，
文学艺术已牢牢抓住我的心，
用笔墨去描绘着祖国和人民。

对文学姑娘我用一生的痴心，
在生命里已经栽下深深的根，
人生的期许与文学紧紧相伴，
这是我一世追求的云淡天晴。

追风少年已经变成耄耋老翁，
内心深处有相伴的文学爱人，
抱着年轻时徒步天涯的决心，
走完和文学长相厮守的一生。

# 鸟和鱼

眉目秀丽，知性有趣，清香四溢，
偶然遇你，像鸟儿戏水，飞鸟与鱼。
鸟在鸣唱，荷娇风徐，鱼跃展鳍。

柔情飞羽，鱼儿摆须，鱼跃鸟离，
一水之期，天水两界里，飞鸟与鱼。
睦睦和和，你俯视我，我仰观你。

鱼儿爱鸟，相守不弃，每日游移，
鸟儿嬉戏，冲天为烟雨，你为荷底。
等待无意，蓦然回首，不舍别离。

红藕梦寒，寸思不已，情笑鸟鱼，
秋高南飞，尽在情网里，相思鸟鱼，
花塘冬寒，鱼潜水底，鸟要南去。

搁浅南飞，盘旋不已，鸟要见鱼，
寒风凛冽，仰望天空里，鱼破冰起，

寒渚香断，冻影惊鸿，飞鸟泪滴。

寒风徐徐，盘旋飞鸟，不舍离去，
暖冰啄羽，双双冻鸟鱼，皆为情去，
瑟琴弦心，本无夙世，亘古情依。

沧海月明，飞鸟涅槃，天涯咫尺，
飞鸟真情，鱼爱刚毅，水天本相离，
人间惘然，爱的真谛，莫比鸟鱼。

# 秋天的色彩

没有春天那样，青翠娇嫩的发芽，
没有夏天，遍地斑斓盛开的鲜花，
没有冬天纷纷扬扬，飘下的雪花，
秋天就在，五彩缤纷的果实之下。

秋天带来，粮食丰收的金色颗粒，
黄昏雨后，沉甸甸硕果的七彩晚霞，
秋天到处都是，满载的欢笑和欣喜，
秋天是有着浓浓气息，殷实的繁华。

初秋里，遍地明艳的金黄色庄稼，
中秋的枝头，挂着银色飘香的桂花，
深秋里漫山遍野，是喜庆的七彩色，
秋天真是一幅，绚丽多彩的油画。

秋的颜色，在最原始的画板上，
有成熟的墨绿，和树冠若黄的白桦，
深秋的寒流，会带来雪白的霜花，

秋天具备了，四季的沉淀和升华。

秋天有着那，千树万花的红叶，
愈到秋深的时刻，愈是红艳如花，
远远望去，就像熊熊的火焰在燃烧，
秋风层林尽染，一片金黄落下。

走出深秋，感叹大自然的美丽无瑕，
深秋的颜色，是朴素无华的铅笔画，
没有一丝的修饰，没有点缀和配搭，
只有深沉和厚重，在阳光的照射之下。

秋天是大自然，赋予人类的礼物，
景物把秋天，装扮得如诗如画，
秋天是神来之笔，所描绘的色彩，
别样味道，是充满诗情画意的彩霞。

深秋的颜色，最具本色的魅力，
让努力过的生命，变得灿烂如花。
走进深秋，感叹大自然的力量，
是在成熟的秋色中，获得升华。

# 情感的真谛

人的灵魂中有三种品质，
那就是理性激情和欲望。
而美好的节奏还有和谐，
在于心灵的聪慧和善良。

人世间的任何一种快乐，
都不如肉体的爱来得震荡，
没有什么比这更巨大和强烈，
这是最缺乏理性的癫狂。

情感是人类本质的弱点，
我们需要自律而非疯狂，
爱情可以使人奋不顾身，
为爱献出生命决不彷徨。

这一点无论男女都能做到，
沐浴在爱河的人都不会紧张，
人类是理性与感性同体的物种，

是自己决定那一半是羊还是狼。

我们一直在寻找的对方，
不是别人而是自己的形象，
人生的漫漫长路四面八方，
有时一生都在了解真正的方向。

到底是怎样的人和我相仿，
唯有认识自己，爱情才能辉煌。
你真正要保护的是什么，
是自己内心塑造出的那个形象。

爱是平凡的，在爱的理念中，
唯有真善美是最高贵的形象，
用最富于感性形式的美好，
去引导以高尚方式相爱的力量。

人与人之间是爱的花园，
懒惰和自私花园便会荒凉，
若勤于用真情来细心浇灌，
它便会向你呈现爱的芬芳。

感情的事，没有谁对谁错，
在你的意念里在这个世界上，
和一个生动而又完美的他或她，
组成了毫无瑕疵永恒的天堂。

也许他或她不会出现在现实中，
是永远存活在你心底的辉煌，
爱既不是智慧也不是美丽，
而是对智慧和美好最大的欲望。

人的自然本质有多少缺点，
就有多少优越于对方的地方，
爱就是世俗与精神美好斡旋，
这种爱才美丽才值得颂扬。

# 秋天的期待

日复一日安静地构思，认真地动笔写作，
季节交替着，悄悄又进入了秋天的萧瑟，
书写着激情澎湃的诗话，哼着战斗的歌，
在梦中披着白云，去与清风娓娓地诉说，
这就是秋天里，一位作家最幸福的生活。

文学创作的人生是如此简洁，茶饮笔墨，
站在窗前看到，北面远山下的葱茏村落，
黄水滔滔滚滚，蜿蜒千里向东奔流而去，
终于可以避开蜂蝶的烦扰，夏季的炎热，
秋天又给人们带来，清凉而爽快的承诺。

文章要在长期的酝酿里，反复运筹帷幄，
如此才能够迎来，那些期盼已久的读者，
在繁花深处春思几度，心中向往着北国，
那一纸血色的记忆里，有着茫茫的大雪，
此时此刻，却在心中释放着火一样的热。

去春培植的嫩芽，今秋里愈发成长蓬勃，
安静看它恣意舒展，期待它的丰硕成果。
折一枝绿柳，植于心田里，轻轻地述说，
在时光里，绽放着秋色文字跳跃的明媚，
春风几入词笔，静倚秋水掀起涟漪荡波。

总会禁不住地沉浸在，那首义勇军战歌，
这样的欢喜和快乐，是最合时宜的脉络，
总是想去重温，先辈们艰苦跋涉的经过，
把难忘的光阴和英勇画面，来收藏斟酌，
定格深情的瞬间，最终让人们牢牢记得。

时光里先辈的深情，一直在眉心间紧锁，
不忘百年前，英雄们为家国人民而拼搏，
耕耘着关东秋叶的故事，哪管日升月落，
不惧世人对历史的苍凉，坚持一生创作，
心底始终坚守的还是，对先辈们的承诺。

小屋里奋笔秋意晚，红叶满山秋风萧瑟，
不觉东方朝霞起，书中有万里凄美的歌，
白色霜花铺满了地，文字静静地流淌着，
夕阳悠悠秋风又起，吹拂着深秋的感觉，
英雄故事在笔下，不惧创作孤独的落寞。

如烟云散去的百年往事，是鲜血的滴落，
先辈们不屈的灵魂，照亮了心中的迷惑，
雪花飘飘的苏联，异国长征的严寒饥饿，

留存文字，英雄们的事迹和心灵的清澈，
秋日里的字符，是笔下激情燃烧的烈火。

# 秋雨缠绵

蓝天被阴云遮住了洁净的脸，
深秋的雨在淅沥缠绵，
闲置的秋雨，找到了机会表现，
带着丝丝的凉意，滴答着它的节奏感。

又是一年的秋天，站在自家的小院，
看着街道上匆匆的脚步，
他们在雨中似乎已经习惯。
随着秋雨变幻的节拍，看着雨中的花伞，
不经意地点缀着，塞外大街小巷的路边。

书屋里的匠心宁静而平凡，
隔绝了尘世而充实坦然，
看着小窗，欣赏着优雅敲击的雨点，
享受着创作中，
偶尔带来的意境悠闲。

又是认真地忙碌了整整一天，

心中忽然会有缕缕的思绪牵绊，
不断流溢于脑际凝聚于眼帘，
都是心中那些未完成作品的惦念。

不经意散逸于脸上的疲倦，
总是恬静地一笑那种经历后的浅浅，
遐思臆想又在秋雨清风中弥漫，
心底总是萦绕那些梦境的虚幻。

秋雨在继续舞蹈风起淅沥快慢，
瑟瑟的清冷中满目落叶片片，
雨中飘落的枝叶七彩耀眼，
这就是秋雨最后美丽景致的展现。

观赏着秋雨的景色心境也在变幻，
随着秋韵的飘洒雨滴荡漾缱绻，
远离了随意猜测无谓的纠缠，
淡淡的心境中享一份安然。

# 雨天的思绪

烟雾蒙蒙无星月的淅雨夜天，
思绪漫游在寂静的秋夜窗前，
任雨雾冷风又掀起往事的窗帘，
雨声哗哗催促着心中的呼唤。

淡淡的书香灯下思绪绵绵，
诗中的浓情郁意妙语飞扬不断，
寂静夜中领略秋的神韵雾天，
用心去品味深秋夜雨的缠绵。

秋雨带着万韵之声的连绵，
秋叶飘飘落下那种浮想联翩，
叮咚的雨水叩问着石阶不断，
汇聚的小河流淌着漫洒在房前。

秋雨的性情是缓缓的舒展，
雨滴拍打着松柏和白桦的背肩，
挥毫书写古往今来的文词古韵，

遥望着天穹心中怀念的永远。

雨夜的眺望引来了思绪万千，
秋雨象征着时空的浓淡变幻，
诗句里的罗曼蒂克命运宛转，
描写着千年的禅意缥缈深远。

秋雨浓雾是绝妙的水墨自然，
让笔下巧妙精深古朴清淡，
心情舒畅恰到佳处篇篇，
句句蕴含着梦里落花的流年。

# 秋日思念

亦非喜爱阳春和白雪的惊艳，
心中时时牵挂着对秋的眷恋，
人世间的相思，是卿卿我我的惦念，
对季节的牵挂，不在百花开放之间。

是枝头的第一片红叶入眸的瞬间，
便轻轻地叩起那尘封已久的流年，
新生的迤逦，告别了春夏的盛放，
在一叶识秋的清新里，浸透着温润的变换。

年年四季的更替怀抱着对未来的前瞻，
然而当不小心触碰了秋色的字眼，
柔软的心，经不起记忆旋涡里的秋艳，
那些时光里的深情，就在夕阳晚霞里浮现。

只是到今天才发现，时光的颜色愈变愈浅，
似乎一切都在缩短，一年就像昨日重现，
初秋做了清幽的春梦，梨花带雨纷纷片片，

却又秋叶飘落满地，寒风凛冽白雪满山。

秋风携来一缕幽情，思念着青春伫立窗前，
远山疏林里的红叶，又在夕阳下层林尽染，
黄昏晚霞的映照，那是生命辉煌的体现，
秋色蔑视冬的严寒，显出无可比拟的美艳。

春天待放的桃花里，秋的暗香浮动翩翩，
给远方剪影的清瘦，注入了几许的温婉，
梦中常有春的轻歌曼舞，那样的高贵傲然，
就如当年那般，轻逸翩然地媚入我的眼帘。

# 生命的章节

听听轻松的音乐，构思着小说的开篇，
把唐诗宋词吟诵，品着淡淡的毛尖，
享受着微风轻轻的拍打，夜里睡得沉甸甸。

清晨蓦然回首瞬间，往事已匆匆多年，
梦境再一次清醒，人生已经接近彼岸，
经年已成惘然，回忆的烟火依然灿烂。

在以往的世界里，都是过去的流年，
梳理着思绪的青丝，淡淡的往事浮现，
忘不了的内容，始终是历史、未来和今天。

合上记录人生的后记，打开年轻时的序言，
人生的故事，总是行走在生命的开端，
年轻时理想冲天，敢于拼搏才是好汉。

还记得在香柳树下，充满青春的呐喊，
难以置信多少个夜晚，挫折使你泪流满面，

早已荡逝的年华，为年少谱写江湖的诗篇。

世间万物，都是飘零而逝的瞬间，
唯有记忆，将它们一一记录在案，
不停地复制，而生活又在不断地重演。

回忆的路上，不忘那桃花的清香雅淡，
那些以往的执着，带着火红的誓言，
奋斗的峥嵘岁月，得到成功兴奋的从前。

人生的路上，总是有些惆怅连连，
多年来的往事，不断地挤压着呈现，
真可以绘制一部，连载的抒情小说篇篇。

几多往事可待忆，终将落红入泥潭，
漫步在幽静的小路上，陌上的红尘远远，
光阴已经付诸流水，时间带走了光阴华年。

人生的路已多半，谱写着诗句继续向前，
朋友们散在天边，同伴各自忙碌不常相见，
静下心来笔耕不辍，在书屋里完成今生的心愿。

# 秋　问

微风温柔地，亲吻着大地，
在花落叶红的，深秋季节里，
一下子，唤醒了未完成的记忆，
浮现在脑海中，是那样的清晰。

享受今天的，幸福和欢乐，
每天都能感受到，温暖和甜蜜，
用晨钟暮鼓，来迎送着时光，
让欢笑去伴随，未来的花雨。

不知道，那是从何年何月起，
淡淡地，就把人生的目标忘记，
心中的虚荣，不断地上升徐徐，
不再努力，要舒适和温暖来代替。

最初的梦想，是那彩色的天地，
此时也不知道，全都遗忘在哪里，
只留下了，漫无目的等待的消极，

莫名其妙地张望着，那未来的期许。

一位文学家，讲过振聋发聩的启迪，
他的那几句，是令人难忘的话语，
一个人幸福的梦想，就像花儿一样，
会给整个世界，带来鲜艳的美丽。

可是任何的梦想，要去不懈地继续，
这样才会给世界，带来沸腾的活力，
要学会把自己的欢乐，传递给他人，
还要把自己的梦想，紧紧地牢记。

生命每秒在流逝着，那样悄然无息，
而自己的时间，在潜移默化里逝去，
心中有一个声音，反复地询问着，
你真的颓变成，这样无谓的空虚？

快点调整自己，那追赶时间的步履，
像年轻时那样，举目星空去展望大地，
每时每刻都要思索，短暂的人生，
要知道，只有宇宙才是无穷的延续。

不管那眼前生命，如何渐渐地远离，
抓住瞬间的时光，笔耕不离不弃，
要进入那，文化创作最美的花园，
让盛开的文学花朵，绽放得更加艳丽。

一刻不停地创作着，前瞻着美好的世纪，
当然也不能遗忘，世界悲惨的过去，
振作起来吧，再一次去翩翩起舞，
心中每时每刻，都把人生的奋斗牢记。

# 圣洁的雪花

风雪里浓雾中，看那神奇美丽的雪花，
带着晶莹剔透的身躯，翩翩悠然而下。

飘落在肩头，冷静轻柔而潇洒，
发出美妙的声音，慢慢在耳边滴答。

雪花是在述说着，温情的悄悄话，
这是蓝天对大地，真挚爱恋的表达。

仰天张开手臂，捧着长生天送来的哈达，
那鹅毛片片，是赐予大地的洁白无瑕。

风儿伴唱着，婆娑飞舞的落花，
美丽的仙子，袅袅婷婷地轻轻落下。

洁白的身影，菱形透明盛开的冰花，
精灵们不懈的努力，带来大地的变化。

给大地湿润的温暖，薄薄的倩影在飘洒，
在那冰冷的大雪中，蕴含着爱的火辣。

雪花奋不顾身地飘来，从未想到自己将会融化，
她们亲吻着大地和万物，把纯洁的爱留下。

双手捧着一枚，纤弱却勇敢的雪花，
看着她渐渐地融化，心中的爱在生根发芽。

凝视手中珍贵的一滴，激动的眼泪静静地流下，
让真情爱慕的泪水，融进草原神奇的童话。

大雪纷飞的时候，就想起额吉和阿爸，
圣洁的白雪，那是我心中永远的牵挂。

# 树下秋雨

在茂盛的大树下，欣赏着秋雨的魅力，
雨水带着响声落地，慢慢渗进了泥土里。
秋是大地的季节，散发着生命的活力，
树下品味着秋雨，慢慢走进深秋的梦里。

丰盈的秋雨，总是带着秋色的绚丽，
感受秋天的凉爽，倾听着秋雨的淅沥。
雨雾中的色彩，不再是阳光的朝夕，
朝霞和晚虹，催促着收获的一季。

在雨中的树下，那几盆黄色的秋菊，
热情地怒放着，带着芳香流苏的卷曲。
娇嫩的身姿，在树荫下悄悄地躲避，
哦，雨中的金色，是秋天的讯息。

急急的秋雨，覆盖着金色的土地，
雨滴汇流成小河，滋润那些裸露的根系。
风扭动着树的腰身，树根周围忙碌着蚂蚁，

远山朦胧着雨雾，那里飘扬着秋的彩旗。

我喜爱这秋色，钟情于淅沥的秋雨，
金秋温馨而恬静，秋风轻柔地护送着雨滴。
浸湿的叶子慢慢飘下，轻轻地盘旋落地，
像一只只花色的小船，随着雨水的小河驶去。

淅淅秋雨停止了淅沥，那成片乌云已散去，
弯弯七色的彩虹，在清澈的蓝天上架起。
太阳闪闪的光芒，映照着树叶上的水滴，
增添了浮云的色彩，显得分外的瑰丽。

树下满满的落叶，像金色的神毯铺地，
年轻时的梦想，就是大步向着远方而去。
不管是道路的崎岖，还是悬崖峭壁，
带着文学的慷慨，诗歌声响的荡涤。

一场秋雨，把蓝天抹拭得洁净而清丽，
我在树下领会着，那湿湿凉爽的秋意。
只有用自己的一生，感受过四季的风雨，
今天才能回味出，那深秋无穷的魅力。

# 音　乐

美妙的音乐，让心灵在遥望，
为人们带来，听觉享受和艺术欣赏。
音乐能渐渐提高，内心审美的渴望，
舒缓自己的紧张，使心性慢慢释放。

人间道德的节律，就是音乐的声响，
它使得宇宙中，有了灵魂的碰撞，
就像在心里，长出了美妙的翅膀，
让想象在蓝天里，自由地翱翔。

音律使你，无论欢乐还是忧伤，
一下子拥有了，如醉如痴的力量。
音乐使一切事物，都获得了生命，
把世界的本质，引到美好的方向。

从高低八度，到五音和七律的叮当，
都是通过乐曲，抒发感情中的理想。
旋律悠扬，在无法抗拒的氛围中冥想，

听觉的意象，立刻建立起心灵的辉煌。

最好的音乐，是能把人的心灵滋养，
继而使所有的人，变得优秀而向上，
那些欣赏音乐的人，心情愉悦而舒畅，
让世界的和平回归，感受到温馨和善良。

# 诗人的哲学

作为一个诗人，一定要遵从哲学的精神，
深邃的哲学思想，就是指导诗歌的灵魂。

诗歌必须跳出，浩如瀚海的文学类型，
抓住真正的实质，那就是真理和永存。

哲学起源于好奇，从美的事物开始启程，
因为这才能过渡到，真理的博大精深。

知识是灵魂的食粮，不学习无法分清，
只有积累到美的境界，才能得到美的本身。

大自然把人的意志，安置在腰的当中，
在心脏的部位，留存着充分的感情。

在脑的部位，安排着有条不紊的理性，
哲学的理解，意志是人最不可靠的部分。

感情超越着意志，那是高于意志的人性，
理性超越了情感，是人体的最高顶峰。

理念是灵感的世界，凡是卓越的诗人，
他的史诗和抒情诗，都不是凭技艺来完成。

那些优美的诗歌，是得到了灵感的传承，
地球万事万物，在那里都有理想的版本。

世界本来不完美，那些孜孜不倦的追求，
想要得到，必须失去而且和那些对等。

最重要不是活着，而是活出美好的人生。
在平凡的生活里，用哲学指导诗的灵动。

感觉得到了东西，才算真实的存在性，
那么他仍然是，一个非常无知自私的人。

要关心的是，随时洗净自己的灵魂，
这样才能有，行云流水般的生命。

思维是诗的灵魂，那些自我聊天的清晨，
不断创作出美妙的诗歌，就是幸福的人。

# 音乐里的文学

从小我就熟悉音乐，
尤其是那些音符带来的轰鸣，
我觉得音乐是纯粹的，
那就是来自天堂的美妙声音。

可是我爱上了文学，
文学诗歌更让人神往和振奋。
我努力使自己做出选择，
最终感到音乐和文学同样震撼人心。

音乐带来了天上的情景，
她调动了热情去创作人间作品，
从此我改变了自己的心境，
让文学思想与音乐共同跳动。

高雅音乐像溪水潺潺流动，
舒缓着我们忙碌的心情，
一首家乡的诗歌给人以清纯，

想起田园的美好，快乐轻松。

不同文字的堆砌让人痴迷，
让人叹服去感觉音乐的不同，
协调的音乐是一种美的意境，
与诗融为一体产生心灵的共鸣。

对来自心底的，那些迫切渴望，
文学表现和音乐有着感受的不同，
音乐能缓解压力，调节烦闷的心情，
文学诠释美好与失落，快乐与悲伤的人生。

音乐让我们松弛疲惫的心灵，
歌声可以激发愤怒和振奋精神，
文学的意境，与自己的心情，
同样获得心灵的慰藉，深深地触动。

文学是对生活的表达和描述，
可以给阅读者把方向指明，
静静的文字中，我们能感受到，
生活中的艰辛，和人类的抗争。

人需要娱乐不要变得迟钝，
对美的感知和理解，是审美的核心，
音乐比文字和哲学有更高的启示，
世界在音乐中，得到再现和表达完整。

文学和诗歌，则略微有些沉重，
生活中的琐碎，无法表现得轻松，
真正的诗歌内容，是无法歌唱的，
讲得明白，倒不如意会在心中。

诗歌是在浮世中，努力吹响的号角，
那些情感的描写，就像皓月当空，
具有音乐的影响力，是一切文学愿望，
带着大自然的清爽，与纯洁的人性。

当清澈的和弦，从耳边流过，
乐曲把人生的快乐奏鸣，
音乐是不能缺少的一股清泉，
她带给文学创作以激情，如火的心在跳动。

音乐用清纯的天音，来陶冶性情，
在音乐的河流中徜徉，能感到阵阵柔情，
文学细腻情感的表达，带着无限的联想，
迷人的大自然，在文字的音乐里流动。

音乐对于我，宛若活泼轻盈的精灵，
音符像是山间，流淌泉水的叮咚，
文字更像璀璨的星辰，闪烁在夜空，
在我的内心，是音乐催生了文学作品。

# 春 黄

时光静静地流淌，变换到三月清凉，
飘飘初春的三月，清晨微风和清香。
和煦的春风，送来呢喃鸟叫的悠扬，
初春的味道，就这样淡淡进入眼眶。

婺源看花海，就在初春美好的时光，
去填满心里，早惦记油菜花的芬芳。
激动的心情，看到江南的黛瓦粉墙，
醉入那一片，穿透心扉的春色花黄。

初春的朝阳一起，已经是遍地花香，
一阵微风拂来，滚动着黄色的波浪。

四季花开花落，一季热烈一季清凉，
春风轻柔拂面，万物复苏滋润生长。

金灿灿的黄色，冲撞着人们的心房，
这个季节田间，无处不在炫耀色香。

铺天盖地的黄色，遍布了平原山岗，
层层叠叠的美，开成了黄色的海洋。

激动的内心跳跃，拍下这一片芬芳，
春天的油菜花，值得让人放眼眺望。
照片里激动的一抹，田里人的模样，
逍遥而惬意，呼吸着清新的芬芳。

心在这片田园，回归了多年的理想，
蓝天白云和阳光，山坡花海和金黄。
归途魂牵梦绕，是醉人花海的盛况，
一夜辗转缠绵，摇曳着心扉的花黄。

借着春日的花浪，摆着姿态的模样，
这一年里，都带着初春油菜的芳香。
素雅的油菜花，那就是早春的金黄。

# 品茶人生

唉，我看那，人生就像一杯茶，
热水一冲，你正品着茶香……那啥，
苦涩的劲儿，就随之而来啦……
可再往下喝，那醇香就在嗓子里出发。
……哈哈。

我和老哥几个，经常聊天说话，
大家和我看法一样，嗨，人生就如喝茶，
甘甜也常有，生活困难常常很大，
可那转机，也许下一秒就出现啦。

吃苦时，你可别一个劲儿抱怨生活，
你吃的苦，别人也正在经历着……
好的时候，别忘记知足常乐，
那才会苦尽甘来，一切都会发达。

沏茶后，杯里茶叶是两种状态——浮和沉，
我们饮茶，就是两种姿势，拿起、放下。

所以说人生如茶，沉时坦然浮时淡然，
咱既然拿得起，当然也放得下。

老伙伴们喝茶，摇着茶杯说话，
茶有黑白红绿十种色，人的交往好和差，
咱中国人礼仪为重，以茶待客代酒为茶，
清茶一杯也醉人，友谊来自远天涯。

一位老哥读过《茶经》，他得意地打着哈哈，
听过唐代的陆羽吗？那部茶书可神奇着哪！
讲起这段历史，他就自信地成了茶神，
对世界影响显著，这就是中国的茶文化……

依我看，美好的环境，就像这清风徐徐的树下，
品茶要有意境，就是老朋友相聚真诚的嘈杂，
喝茶慢慢舒解了，身体和精神的紧张，
朋友们质朴的气质，就像茶水清纯幽雅。

我举杯祝福大家，这茶代表着伟大的中华，
以茶思源以茶待客，用茶来把友谊表达。
享受美好，更好地领会它的内涵……
细细地品味人生，珍惜平淡的当下。

## 秋的安然

晚风带着凉意把小窗敲打，
这就像是在亲人的关怀下。
在提醒秋的夜色渐渐变长，
夜半的月光已经羞羞答答。

秋天含蓄蕴藉果实已成架，
躲开春的赞誉和夏的浮华。
悄悄融入大自然的山河里，
用恬静来表现季节的风雅。

秋天有多彩黄叶绿树红花，
也曾经是旷野暴雨在树下。
暮色里风声阵阵黄叶飘落，
菊花馨香背影湖边的高塔。

秋天努力一切美好的变化，
秋阳文如梦，秋风诗如画。
心中萦绕江河山水的壮举，

依然枝头红色秋叶的高挂。

用春的繁盛搭建文学大厦，
用夏天的热情把诗词播撒。
生命的长河流淌波澜不惊，
秋天努力编织人间的神话。

静守秋的安然淡漠红尘下，
经过的山水展现平淡年华。
蜂蝶盈盈辛劳着色彩芬芳，
放歌的暮笛牵梦浪漫无瑕。

依稀浅梦相随而浪漫芳华，
安然写意人间的诗意情画。
悠然逸禅淡看乐悲和情愁，
秋林映落着天边夕阳晚霞。

馨风飘逸秋柳长长的丝发，
暖意缓缓轻慢淡定而优雅。
四季轮回依然是健步翩翩，
秋天的墨笔依然七彩生花。

# 观书西厢

手书一卷静如兰，茶香满园。
轻音一曲传悠远，起伏非凡。
低首茶饮书顾盼，世上情缘。
夜深悟书文语间，花落花繁。

静心茶香情意浅，张生东院。
小姐漫步后花园，粉朵彩莲。
隔墙搭讪红娘笑，故事篇篇。
天地希冀缭绕烟，西厢之叹。

一壶浓茶小青柑，自饮泰然。
书中徘徊不思鼾，流连忘返。
情深登梯越墙去，张生欢颜，
豁然明朗拂笑浅，双双如愿。

满眼溢芳细思量，茶饮连连。
荷塘西厢涟漪翻，时光荏苒。
浅斟淡饮景自来，风月流转。

爱若盛开红尘艳，月下花前。

情由心生人自定，梦里弄甜。
赴京赶考别崔园，千里嫣然。
挥笔洋洋三千句，泼墨时弊。
龙颜大喜立榜眼，分别一年。

心未安静情却醒，唯有心恋。
人去雨歇荷心甜，相爱无边。
读荷懂荷赏荷情，荷荷为贵。
一池荷花秋凉天，纤指荷园。

心静自盈人相远，心本无染。
淡淡清香随心欢，沁人心田。
万水随性越千山，濯洗心间。
期望心中频充满，回归悠然。

颗颗无尘真心恋，生命真缘。
让梦再续池中莲，净土为天。

# 西湖情

碧绿的湖水，蕴藏多少离人伤心的眼泪，
高高雷峰塔，目睹着无数有情人的心碎，
白堤的桃树下，多少男女忘情相依相偎，
即便无奈分手，也忘不了西湖边的俊美。

树木的驳影摇曳，隐映着苏小小的墓碑。
万松书院依依苏堤，梁祝吟诗湖光山水。
断桥雨中送伞缠绵，塔下蛇仙一绝巍巍。
长桥莲花落，陶师儿书生为爱投河玉碎。

西湖荡波秋水，知音不再伊人欲哭无泪，
达夫同甘共苦四季，风雨茅庐映霞竹翠，
三生石是姻缘象征，两人心中纯洁的泪，
当轻灵水珠荡尽凡尘，方知千年一轮回。

杭州人静月落，绯霞初绽晨曦托出粉媚。
西湖荷莲佛掌水串玉珠，塘藕清甜相配。

春天桃花河堤绽放，青丝拂柳蜂蝶纷飞。
执君之手地老天荒，明眸溢满幸福泪水。

皎洁月光桃树影随，照亮淡淡清香花蕾。
素手执琴一曲桃花古扇，竟显温馨安瑞。
红尘中迷醉双眼，断桥上红男绿女步碎。
繁世人间爱谁，染指了红娘的昨日沉醉。

纷飞了谁的诺言，繁花落尽并不见人回。
桃花十季飞落愁赋难为，方知黄泉已坠。
碧水湖上星月亭台，独自摆宴无人作陪。
手捧瑶琴，琴弦的跳动落下无尽的伤悲。

# 秋　天

秋天是清高的，
可在内心里也充满了惆怅，
秋天是骄傲的，
却思考着冬天带来的彷徨，
秋天是深沉的，
成熟谦虚的季节从未膨胀，
秋天是顽皮的，
秋天黄风卷起了沙尘飘荡。

秋天的雨水
洗净空气洗净大地和牧场，
秋天的天空
白云把蓝天都擦拭得明亮，
秋天的白云
像洁白的花朵在天空绽放，
秋天的微风
轻柔飘动带着秋菊的芳香。

秋天是富裕的，
因为田地丰收着硕果的辉煌，
秋天是贫瘠的，
因为花朵早已凋谢在枝头上，
秋天是满足的，
因为辛勤耕耘终于有了收获，
秋天是美丽的，
曼妙的韵律中舞着她的裙裳。

秋天就是歌谣，
曲曲动听洋溢丰收放声歌唱，
秋天还是渔船，
出海归来满载人们欣喜若狂。
秋天是慈爱的，
太阳馈赠华丽夏裙绝美非凡。
秋天是梦幻的，
满月当空抬头望着嫦娥吴刚。

秋天是朴素的，
深沉厚重没有娇媚没有标榜，
秋天是短缺的，
没有春的温柔夏的火热欣赏，
秋天是软弱的，
没有冬天那冰封四野的坚强，
秋天是沉淀的，
只有经历四季带来升华倔强。

# 油画里的家乡

在一处画作的展厅，我随意地踏进，
看到一幅油画，它的内容让我吃惊，
人们在浏览，对它没有几分的留意，
而我伫足着，心情久久地不能平静。

这不就是，多年未见到的家乡面容，
那里画的就是，我离别草原的情景，
一轮满月带着月光，冉冉升到空中，
乌梁海的水面，天上飘着淡淡乌云。

乌拉特草原上，笼罩着轻轻的雾蒙，
淡淡柔和的夜色，坠入了深秋梦境，
画里的情景，草原笔墨浓重的朦胧，
傍晚的毡包门前，有着额吉的身影。

她牵着缰绳，嘱咐着画面外的孩童，
在毡包的顶上，隐隐露出莫尼山峰，
周围绿草黄花，马头在轻轻地摆动，

画面浓重的凉意，是深秋草原的风。

天上的月光，已是洒满银色的辉映，
一阵微风拂过，乌梁海的波光粼粼，
孩子的眼光，望着家乡白色的毡包，
那山水云树，清晰地牢记在脑海中。

这幅画的中心，不是在画里面的人，
画面的一切，描绘着离别时的心情，
阿爸和额吉，对我是千嘱咐万叮咛，
深秋祝福着，草原的孩子上学远行。

心随秋风，回到画里家乡的草原中，
想起莫尼山，是那样雄伟高耸入云，
乌梁海红柳飘逸，蓬勃在湖水岸边，
鱼儿溅起点点水花，泛起层层波纹。

我不再抑制眼泪，沉寂已久的心境，
阿爸和额娘在天上，样子变得生动，
沉思默想中，油画带来鲜活的回忆，
用思念的真诚，唤醒那思乡的心声。

# 坚持正确

人生最遗憾的事情，
莫过于缺乏正确的坚定，
轻易放弃了不该放弃的理想，
固执地坚持不该坚持的轻信。

智者说话，是因为，
他们有话，要把道理说清，
愚者说话，则是因为，
他们想说的没有中心内容。

我们一直在寻找那些，
自己原本早已拥有的优秀基因，
总是东张西望搜索着什么，
唯独漏了自己想要的动力来前进。

无论你从什么时候开始奋斗，
重要的是开始就不要停止征程。
无论你到什么时候结束，

重要的是结束后就不要悔恨。

如果你不幸福，如果她不快乐，
那就放手吧，大家都轻松。
如果你舍不得，如果她放不下，
那就坚持吧，用你们的下半生。

成功的唯一秘诀，
就是你能坚持到最后一分钟。
有理想的地方，地狱会变成天堂。
有希望在，痛苦消失得无影无踪。

我们一直寻找的幸福，
却是自己原本已拥有的内容，
这个世界上只有耐心，
才是一切聪明才智的忠诚。

我们总是东张西望地搜索，
唯独漏了自己想要的本真，
我们很多人努力却没有坚持，
这就是很多人难以如愿的原因。

# 秋 歌

四季的变幻，已经淡淡如常，
人生已过春温夏暖，冬寒秋凉，
都说冬天的冷峻，容易伤感，
看到秋雨淅淅，有许多凄凉。

怀里抱着一捧，秋天的菊黄，
让卷曲的花瓣，在秋风中飘扬，
快让秋天的红叶，跳起热舞，
淡然面对，冬来秋去的慌张。

秋风的相聚，与红叶的离别，
淡然心境，无谓秋色的漫长。
或许平日里的脚步，太过匆忙，
就会轻视感觉，而忽略了时光。

再没有时间，体味生活的美好，
只是浅薄着，岁月静好与彷徨。
人生的道路，自当要拥有远意，

便可心生敬畏，而诗意和理想，

漫步七旬人生，早已天伦尽享，
身体健康当是今生，最美的时光。
纵使生活，曾经对你百般刁难，
心中一定要，安放着清晨阳光。

这样未来就多了，信心与憧憬，
就能结出温馨的花朵在期望中开放。

# 感慨青春

岁月流逝着，就如指尖的流沙，
离去得越快，越想伸出手去抓。
那段青春的时光，正茂的风华，
转瞬即去，已经成为遥远的一刹那。

落花和着泪水，眼前只有汗水在滴答，
青春化作一场梦境，只留下了白发。
流年似水无痕，时间席卷了年华，
随风踏遍红尘，平静地走向天涯。

岁月就是生命的过往，无可攀比高下，
青春便是生命中，最为激情的风华。
那陌生的校园，满院的笑声哈哈，
近在咫尺的声音，在当年的屋檐下。

思绪渐渐弥漫，寻找以往痕迹的留下，
却看到了，共同生活和学习的你我他。
慢慢地，我看见了操场上的玩耍。

共度岁月的陌生，却又熟悉的面颊。

人生最好的阶段，在青春年华，
为了更好的开始，我们无畏走天涯。
忘不了的梦想，忘不了的拼搏奋发，
青春的活力，已经被几十年的生活融化。

终究会模糊的风景，这只是一捧黄沙。
眼睛眯成了一条线，游荡在遥远的天涯。
时过境迁褪尽繁华，还有什么放不下？
拼搏矫健的身影，那是昨日灿烂的黄花。

心也不再那么痛，用真情淡看落花，
过往的一切如花美丽，如今似水年华。
我们回忆过去，回首青春不再惊讶，
风景还是那样美丽，我们活在当下。

# 家乡的画

我来自穷乡僻壤，从小性格坚强，
那干燥的环境，培养出我勤劳和大方，
风沙骤起的北方，粗糙着肤色的健康，
画画是我的爱好，色彩是我的理想。

兴趣班的胡思乱想，静物写生到大卫像，
经常观察花鸟市场，从素描到水彩上墙，
渐渐写意和工笔齐备，莫奈和列宾同行，
带着画板和理想，我开始走向远方。

写意着南国的情调，描摹那黛瓦粉墙，
油彩在画布上涂抹着，层层梯田的夕阳，
淡淡的水彩画，在写生溪流飘叶的凄凉，
看着那胡同小巷，不由自主地怀念起家乡。

自己浪迹在南方，常描绘着江南水乡，
那是水墨丹青的精致，柳丝小舟水漾。
怎样才能描绘出那包头，家乡的粗犷，
我开始在自己的笔下，还原乡土的模样。

阴山，笔画下的褐色那是刚强，
冬雪，涂抹出来那白色的希望，

三两笔勾勒出，达茂草原宽阔的臂膀，
黄河的水，用笔一甩显出浑厚的激荡。

阴山上高大的松柏，运用了夸张，
冬天的白雪，写实的色彩和光，
达茂草原的视觉，聚焦绿色宽阔的思想，
滚滚黄河，流动变化力度黄色的张狂。

油彩下的土默川，闻到了无边的麦香，
笔尖下点出了，固阳山乡丰收的杂粮。
圈圈下延的素描，看到了白云稀土的蕴藏，
直线条和半圆的东园大棚，蔬菜的七彩馨香。

水彩画着，昆都仑巨大的钢铁厂，
青山绿水下，油画里的坦克隆隆在响，
天南地北的人，走在繁花似锦的钢铁大街上，
包克图用宽大的胸怀，包容着四面和八方。

用工笔画精细，把老东河的风采飞扬，
蜿蜒河流的转龙藏，让你把历史传承欣赏，
吕祖庙香烟缭绕，二食堂的香气和红星剧场，
和平路解放路热闹非凡，财神庙大街的灯火辉煌。

素描水墨彩粉和油画，加上点线色彩和亮光，
这幅画作卷轴很长很长，那里面装着我的家乡。

# 哈素海的黄昏

哈素海的碧波和晚霞红云，
能听到百鸟歌喉婉转啼鸣，
湖泊和草原山峰融为一体，
这里的青山绿草野趣天成。

领略一下北国的湖光山色，
还有那跳跃的候鸟和珍禽，
观赏着哈素海的奇异景观，
心旷神怡绝妙的自然风景。

哈素海是这样的婀娜多姿，
被赞誉为塞外明珠的玲珑，
就在土默川草原的怀抱里，
美丽仙女表现得袅袅婷婷。

哈素海那银光闪闪的辉映，
水天一色带来了空明万顷，
春夏之际到处是绰绰绿荫，

在蓝天碧波湖中交相辉映。

南端的草原就叫作土默川，
大青山峰矗立着怪石嶙峋，
置身于山顶向东方来眺望，
美丽自然陶冶人们的性情。

芦苇的香味和湖水的凉意，
空气弥漫沁人肺腑的清新，
风吹芦苇叶子的沙沙声响，
倒像是惊涛骇浪发出巨声。

哈素海平常中洋溢着深情，
波光浩渺看见它美妙的心，
是黄河改道形成今天湖泊，
哈素海原来是黄河一部分。

最难忘的是哈素海的日落，
夕阳的金光在湖面上辉映，
闪闪发光覆盖了金色湖面，
远方地平线在湖面上延伸。

水中金光散落在你的眼前，
野鸭翅膀掠过金光在飞腾，
那飞鸟群叽叽喳喳的叫声，
向哈素海告别夏日的黄昏。

# 回忆的温馨

在深秋月下微拂的秋风，
努力回忆着当年的激情，
那转瞬即逝梦中的灵感，
在诗歌作品中再现青春。

在那缠绵悱恻的记忆中，
清晰的面庞鲜红的嘴唇，
美丽的眼睛在发光闪亮，
是爱情带来了心的悸动。

在那万物丰收的季节里，
那首诗里句句都是深情，
对小小的我那样的亲近，
是怀着怎样美丽的心境。

小心翼翼踏上那种激动，
弥散着淡淡舒适和安宁，
在雨后轻雾香甜的湿润，

弥漫着难以言喻的欢欣。

已经过去的那些流年里，
每一次抬头仰望着苍穹，
遥望那炫丽的青春年华，
极目远望着耀眼的繁星。

淡淡感悟着美妙的曾经，
夜幕凝聚着思绪的盈盈，
岁月曼妙着欢快的舞蹈。
回想那些共度往昔的人。

那场淅淅沥沥的秋雨里，
留下了多么温馨的柔情，
对着遥远的天边默念吧，
心中享受着清甜的微风。

# 孤芳自赏

若人生能做到孤芳自赏自诩，
正是人性中，难得的高傲美丽，
树叶花朵会笑，鸟儿欢乐唧唧，
秋天会呼风唤雨，雾气也调皮。

高山的碧绿，传情给湖水涟漪，
太阳学会，把暖暖温柔来传递，
大家都尽情享受，人间的美好，
这本是一个，美好安宁的世纪。

自爱的人心底，幸福花开满季，
冷眼看着红尘，喧嚣川流不息，
知识和真理，充盈内心的辉煌，
文学和诗句，彰显欢歌和笑语。

自知一生风暴里，经历了风雨，
沉静黑夜，心中朝霞照天映地，
这人世间，需要自尊自怜自爱，

不惧在人群中，逆流孤赏独去。

贪婪侵蚀着，每个脆弱的人心，
背后深藏着社会的，纸醉金迷，
内心喜欢着，春醉南方的美好，
恢宏壮阔，祈望中华大江东去。

在灯光下执笔，为英雄去洒泪，
激情的过去，将历史撒落一地，
还记得那个年代，战斗的岁月，
故事定要活在，人们的真诚里。

已经像空中掉队，孤独的大雁，
不能再飞到，更广阔的远方去，
孤傲的人，会表现真实的自我，
就是欢乐会笑，难过时会哭泣。

# 踏雪怀春

塞外大雪寒冷，冰冻了所有的风景，
把温暖荡漾在心中，今天风雪下个不停。
用爱怜和温馨，在心里将一朵雪花保存，
此时所有生活的纷繁，已抖落在红尘。

享受静谧的时刻，只有脚下踏雪的声音，
慢慢地眼前的迷离，身边所有的安静，
周围的一切，都变成了一片无边的纯白，
描摹成一幅，北国冬季荒野绝妙的丹青。

在翩翩如蝶的雪花里，出现心路的历程，
或聚或散的缘分，云雨水雾里每一次输赢，
回忆着经历过的，蹉跎岁月和凛冽寒风，
想着那些越过去的沟坎，时刻等待的黎明。

仿佛闻到了青草花香，哦，那时的青春，
点点滴滴的生活，积累在似水的流年中，
现在都幻化成，眼前这片片雪花在飘舞，

成了人一生中，心里最为柔软的一部分。

愉悦地享受着生命中，爱和被爱的过程，
享受着青春时光，那一场场温柔的场景，
如白雪皑皑的晶莹，那恩宠带来的激动，
白雪拥着梅枝，风花雪月洗礼过的灵魂。

路旁那落满雪的树，霎时变得剔透而晶莹，
庭院中那株蜡梅，盛放的花也在青春涌动，
枝头的花儿开了，就像当年她美丽的面容，
遥远的回忆悠悠打开了，带着积雪的晶莹。

# 五月的惋惜

窗外噼噼啪啪的沙土声，
那是阵阵吹来的黄风，
它带来了夏日里的迷茫，
又是一年五月初的黄昏。

夜色黯淡什么都看不清，
外面飘来仿佛哀怨的琴声，
心中引起说不出的悲伤，
那种寂寞空虚一阵幽静。

心里的难受不想说明，
思念的悲哀无法释怀，
北风像上了发条刮个不停，
朋友的照片是那样年轻。

今年的风沙弄出很多动静，
比往年来得更加频繁凶猛，
此时的伤感触发了我的全身，

在心底涌起一股股莫名伤痛。

有过青葱的年华流逝匆匆，
水晶般纯洁的心灵和忠诚，
我们年轻时共同追寻的梦想，
为何半途丢失在滚滚红尘。

五月淡化成空，惊诧与空灵，
多想在回眸处我们再次相逢，
为何不幸，总是追着那些好人，
万般无奈一切结果都是命运。

五月伤感着我的思绪，
人生就这样一路慢慢腾腾，
太阳温暖着我们渐弯的后背，
在回忆里，湿润着我的眼睛。

# 莫尼山

莫尼山的主峰，是乌拉山的延伸，
盘旋绵延之间，身边缭绕着白云。

低首峡谷的幽深，小心谨慎地攀登，
听那涓涓的溪流，脚下的花草繁盛。

山间泉水喷涌，清洌甘甜回味无穷，
山石色彩斑斓，在阳光下如幻似梦。

深秋时节的莫尼山，如此的神奇美景，
眼前林涛和山泉，就是莫尼山的灵魂。

欣赏大自然的色彩，勇敢地去登顶，
远处是乌拉特草原，莫尼山林涛滚滚。

九曲黄河，宛如一条丝带若现若隐，
乌梁海似一颗翡翠，镶嵌在游子心中。

# 在梦中

是什么声音，一下子将我惊醒，
怎么一个女人躺在阴沉沉的皇宫，
有人在说年华易老，易逝的颜容，
早已丢尽了沉鱼落雁，倾国倾城。

我到底是皇后，还只是个妃嫔，
怎么被打入了，无人问津的冷宫，
我起身照着，月色如洗的铜镜，
揉着自己眼角，深深的鱼尾纹。

月色不能遮盖，已老的面容，
看看自己，已经渐粗的腰身，
在皇宫里，如何留住女人的青春，
再一次走进，荷塘月色的迷梦中。

忽然有人推我，掉下悬崖在半空，
耳边由近及远只留下，惊慌的哭喊声。
无论怎样哭啼，怎样挣扎求救，

在梦中黑暗的世界里，没有救你的人。

是谁将我捆绑，如此恐怖残忍，
挣扎着却醒不来，又是怎样的迷蒙，
我觉得自己再也看不到，花香迷醉，
再没有彩蝶纷飞，日照祥云的美景。

夜幕这般冷漠，对一个寂寥的女人，
夜雨这般寒凉颤抖着，睡着的朦胧，
月光使人孤单，莫要这般的凄凉，
秋夜深深，泪水横流的连连噩梦。

只因看了宫斗剧，竟然进入了梦境，
阴谋诡计充斥在，每一个角落中，
霸权力争财富，还是后宫不断地争宠，
自古以来的你死我活，那些无休止的斗争。

终于真正的惊醒云开月出，雨落风停，
外面的圆月还是，亮亮晶晶，
仿佛金色的圆盘，高高地挂在空中，
我终于又回到了今天的，现实生活中。

细思那些文学作品，究竟是欣赏还是纵容，
这种阴暗的心理，已经深入到学生的心中，
女生之间的争宠，还有男生无休止的欺凌，
如此恶劣的行为，都是宫斗剧的样板作用。

剧中的每一个情节，刺激那些无知的孩童，
他们用阴谋赶走了诚实，用狭隘代替了宽容，
民族未来的教育，就这样被影视领上邪路，
人们之间充满了疑惑、猜忌、阴谋和斗争。

忽然地醒来，看到了生活的秋日之景，
拉开窗帘看到阳光明媚，还有朋友的笑容，
亲人的触摸，感受到阵阵温暖和送爽的秋风，
昨夜梦中的阴寒，被阳光驱逐得干干净净。

看到了秋色明媚，绿草青青的风景，
一路慢悠悠地走在，花开盛放的环境。

# 燃　烧

生活就像一把无情的刻刀，
每天都在改变我们的模样，
有时感到自己已经在枯萎，
可内心里觉得还未曾绽放。

时间如同那奔流的江河浩荡，
今天不再留下那昨天的模样，
我询问着古稀之年的自己，
难道热血不澎湃等待着夕阳。

看着满园花朵撒下的花瓣，
它们为美丽的凋谢而彷徨，
我记得是它们的繁花盛放，
才带来了周围十里的芳香。

岁月风干了年轻时的梦想，
可我还是向往年轻的模样，
每每听到那些青春的歌曲，

都会情不自禁地热泪流淌。

唱出了多少人心声的歌曲，
以往的我们有过很多梦想，
一生不断为之努力奋斗着，
让理想变成对实现的渴望。

此刻的我是否忘记奋斗，
难道要脱离自己最初的梦想，
我的人生是奔向火星的飞船，
一生激情的我不会把目标遗忘。

对青春回忆但无法停留在过去，
寻觅着青春那存在心底的理想。
如今我依然拥有拼搏与活力，
用自己的生命把文学的道路照亮。

# 心灵的追寻

记得桃花树旁，尚在仕途忙碌匆匆，
原本只认得阶梯攀登，与其他无心，
应该不会，为任何文学诗词去留停，
可笑的是一相逢，便乱了我的浮生。

不像梦里看花，就这样专注的感情，
最终还是忍不住，爱上了行行仄韵，
执着的我，走上了曲折的文学旅途，
从此告别，宦海泛滥成灾的八股文。

文字的惊鸿，唤醒了我千年的沉沦，
刀枪舞剑的和音，飘飘斑驳的光影，
文字间的诗韵，是那样鲜红得耀眼，
突然祈盼，把心就留在这诗句之中。

可是宦海浮沉灼伤，似乎寒水犹深，
独步廊桥，那官船桨声里绰绰灯影，
琴音思念成殇，长歌万阕流年伤痛，

桑田又为谁种，黑夜里的攀爬醉梦。

诗词既是圣物，也奈何着世俗之情，
那些绝望的呐喊，眉目黯淡的眼神，
词句中，永远丢不掉平凡中的梦魇，
还要创作潇洒的乐章，精美的瑶琴。

从此以后，我埋头英雄瓦冷霜华重，
把诗歌变成刀剑，泣血的心殇声声，
江山秀美，和波澜壮阔的历史进程，
在诗句里，惊鸿岁月和疏狂的人生。

至此浪迹天涯，浇灌了心中的诗魂，
相忘于江湖浮沉，切断了官宦豪情，
浪迹前世的逐波，穿越隧道的时空，
终于找回了，迷失的那颗文学的心。

# 生活的期许

常说心静了，生活就随心所欲，
人生中投入了真诚，就会带来欢愉，
所以快乐就是生活中，最好的收益。

多希望与禅心相约，生活过得禅意，
把俗世中的纷杂，湮没在笑声里，
写小说念诗品茶，多么美好又惬意。

捡拾些坛坛罐罐，侍弄着花草土地，
即便十分的寥寂，喜欢这样的烟火气，
每想到此，便又是期待那份得意。

人在年轻时，十之八九不尽人意，
终究不是圣人，一定要十分的努力，
或许那时还有着太多的，身不由己。

做了几十年，工作生活的牵绊者，
想做的事情，被各种原因剥夺权利，

总是失去追求自由，那心中的美丽。

终于解脱了捆绑，于是拼命在书本里，
不会与身体妥协，为完成更多作品而去，
笔下的英雄，还原他们经历的腥风血雨。

转眼已经跨入古稀，可梦想还在继续，
那些未完成的作品，不能总在蹉跎里，
必须要做勇者，带着对未来的期许。

作品人物的凋谢，我的心都会哭泣，
勇敢和奋不顾身，表现在我的作品里，
有多少身体的辛酸，唯有懂我自己。

作品像开在尘埃里的花，鲜艳欲滴，
不一样的人生，不一样的经历，
只有奋斗，才能体会到成功的欢喜。

逆境或顺境，考验着命运的赠与，
生活中的好与不好，没有商量的余地，
内心的坚持，直到满意地微笑离去。

# 阿拉善一瞥

身处在沙漠边缘，可心中向往草原，
吹过耳边的沙土，就在那不经意间。

可能是穿越了千年，嘉峪关的狼烟，
八千里贺兰山路，跨越历史的绵延。

奋力寻到的因缘，际遇才来到身边，
天地间纵有大美，细小的尘埃万千。

暗夜云层里的月弦，在阴影处等闲，
白日坐在晨曦中，等待太阳的出现。

听见羊群回到羊圈，咩咩跑过门前，
在戈壁路上的愉悦，与你相逢有缘。

似乎终于能平静安然，在那一瞬间，
这个世界真的奇妙，离我又近又远。

这一路时而晴朗风缠，白云裹蓝天，
可乌云蓄势酝酿，随时有大雨纷繁。

神秘莫测的改变，惊奇眼前的变幻，
自信自得的心态，虽孤寂可又怡然。

一群善良的骆驼，慢慢晃过我眼前，
这片土地上的植物，都是曲曲弯弯。

沙漠里黄沙不断，戈壁里黑石飞天，
远处高耸着，连绵不断的贺兰山。

向前进，曲折荒野的小路不断向前，
匍匐着爬向远方，坚强地奔向遥远。

# 金　秋

杨树的叶子金黄了，
像一朵朵黄色的花朵在开放，
秋风戏弄着树上的叶子，
树儿高兴地发出哗哗的声响。

杨树的叶子落了，
像一只只金色蝴蝶落在地上，
树林变成了金色的花园，
给大地铺上了一层金黄。

树叶黄了，小草黄了，
风踩着地上的叶子沙沙地响，
天空像被水洗过一样，
深秋的天气变得如此安详。

深秋有着温馨恬静的阳光，
深秋的田野里丰收的金黄。
深秋的微风和煦又轻柔，

秋天的金色在随风飘荡。

天气舒适宜人风清气爽，
植物的叶子渐渐由绿变黄，
这金色把渐浓的秋意来渲染，
让秋天打扮得色彩辉煌。

秋意在多雾的黎明中溜来，
到了炎热的下午便不见模样。
掠过树顶不断染黄那些叶子，
色彩乘着秋风飞掠过山冈。

秋夜带来宜人的凉爽，
北斗带着金光在夜空闪亮，
不论在哪里都很容易找到它，
增添了不少光彩和幻想。

黄色告诉你秋天已经来到，
天上挂着金灿灿的太阳，
七彩的秋天是金黄色来带队，
那是丰收和富庶的希望。

# 倩　影

幽深的庭院，芬芳如画里一般，
在那里，有我最深的一份情感，
什么时候瑞雪纷纷，抱着期盼，
把人间最美的纯洁，芬芳再现。

无数次希望，那一场雪的冬天，
将所有时光，集中在几十年前，
白雪袅袅飘飘，婀娜相映笑脸，
朵朵雪花栖于梅枝，存于心田。

世间都已凝固，只剩下那双眼，
梅花香气与雪花晶莹，紧紧相连。
长生天没负我，雪花轻轻来了，
美丽的倩影，就在苍茫里出现。

静静地落在大地，是那样翩然，
捧起她来，让雪花亲吻自己的脸，
迎着风感受着雪花的，静雅清凉，

倾听她的呼吸，感受邂逅团圆。

轻轻地把掌心向上，手伸得再远，
臂膀尽量张开得大些，努力向前，
拥抱洁白的精灵，凉凉的纯美，
轻盈俏丽的身影，进入我的怀间。

舒展着手心，生怕揉碎她的美丽，
看着她，握紧着那生命的冰环，
晶莹的世界，温柔的雪花在飞舞，
我的掌心里，你融化着整个人世间。

片片的纯洁，慢慢雪消玉花飞散，
在这样的景致里，出去走走转转，
看旖旎的雪景，回顾过往的经年，
走着走着白雪挂衣，只留冰心一片。

# 雪的诗意

常说没有大雪，为土地的保温，
到了春天，就没有顺利的播种。
没有冬日，将土地深深地冻结，
那春季的泥土，就不会湿润。

我说没有严冬，去层层地磨炼，
那春姑娘脚步，就不会坚定十分。
缠绵的诗句，述说着雪白的襁褓，
因为严冬，就是春天的母亲。

春天降临在人间，绚丽又多彩，
夏日对于四季，也着实的热情。
秋季的果实，总让生活去丰满，
冬天却带着严寒，和白雪的稳重。

在诗歌里，热情地将冬雪歌颂，
因为深爱着，冬雪纯真的冷静。
那份惬意和执着的，雪花的怒放，

博大纯洁着，那份冰峻的宽容。

冬天淡然地布洒着，洁白的寒冷，
合着飘雪的节奏，在倾其全身。
诗句里的，一抹水墨清绝出尘，
把冬天幻化成，一弯温婉的笑容。

正是有了这个，清丽景致的熏染，
漫天雪花里，生出了清幽的诗情。
与雪的邂逅，弱弱带出一怀心事，
诗句吟唱出，曲曲清香的心音。

微笑着，将这漫天映雪的无言情景，
写意成一曲，静水流深的清韵。
又将这，雪落松枝的清丽去描摹，
轮回在每个冬季的，素雅安宁。

有了雪花飘飘，那便是冬季风景，
在这一场，与美丽的风雪相映。
写尽了诗意的邂逅，安然入睡，
梦中嗅着那缕诗句的，花香纷纷。

只盼冬日莫要无雪，有雪还要有风，
日暮有了诗句，雪与风并作十分寒冷。
出门捧一朵雪花，将她深深融于心中，
于是这个冬天，有雪花，还有憧憬。

# 光阴的舞者

待到春风徐徐，原野上花开又盛，
四溢的安详，想念在发芽萌动。

守候着郁郁葱葱，舞者的光阴，
回眸暮色嫣然，挽手菊花落红尘。

一段香清，把烟火蹉跎念到伶仃，
何不做野鹤般的轻狂，毕竟为情。

将来不及吐露的心思，说与浮云，
期望在每一个朝暮，相挽悠闲吟。

如此早有的灵气，匆匆的光阴，
烟火之间堆砌的，那些淡扰纷纷。

面对腼腆的你，爱只能自己聆听，
只恨时光太短暂，牢记刹那的相拥。

懊悔与悲欢，枝头一抹俏丽的寂静，
点亮了这份孤独，霎时欲望无境。

如此淡然的欢喜，缘于此时的躁动，
寂寞是适宜的，一向都搏不过命运。

不说经历崎岖，讲坎坷又太过矫情，
一生的风风雨雨，只有流血和牺牲。

人生渺小如尘埃，唯一能做是包容，
别亏待了生活，别辜负头顶的星空。

学会了感恩，需要用经历来沉淀人生，
感谢遇见和守候，感激身边的曾经。

修炼已成淡然无华，没有争得什么功名，
早已被大风刮走的是，那些名利的浮云。

待到暮年夕阳西下，明白了相思是真痛，
懂得了内心的牵挂，是那对心里的眼睛。

# 梦里青春

我时时怀念那擅绘的春，
雨季迷蒙着已逝去的梦，
那甜蜜早已是苦涩不明，
飘渺着稚气的人生青春。

春的晨雾已经飘飘散去，
深秋掀开窗户欢迎着您，
被生活那层面纱捆绑着，
忍不住怀念无忧的青春。

是怎样将一道零散迹痕，
一片片残缺的回忆封存，
一段段难续的乐曲演奏，
是谁妙笔生花还原青春。

造就了历史而水到渠成，
有声有色的彩图和梦境，
是那种意在言外的韵律，

缔成世外山水佳句清音。

熟悉和不熟悉的同学们，
怎么熟悉又陌生的环境，
看到陆续在散去的人们，
静下心来仔细体味梦境。

青涩的韶华早已成过去，
在回忆里那样优雅动人，
我们都把纯真的梦放飞，
不再孤寂曾经年轻的心。

执着的夏日那梦醒时分，
那窗外的一叶新绿盈盈，
圈圈银漪闪瓣瓣粉丽红，
把我们的满腔热情唤醒。

我眼下也开始不太安分，
竟然流露出别样的心情。
看那一张张纯洁的笑靥，
歌颂着春天诗句的真诚。

品那心扉一颗颗在萌动，
静下心来仔细发现不同，
伟大的思绪在笔下犹豫，
那是无法再复制的青春。

未曾洒脱过的烟雨平生，
未知的世界在呼唤我们，
决定去尝试，再去探索，
有着太多的神秘来吸引。

# 夏日夕阳

秋风轻柔地抚过，每一墙红瓦尖顶，
每一池碧波荡漾，每一树果实通红。
在草地上闭上双眸，轻轻对着蓝天亲吻，
在想象中，好像拥抱着云朵的纯洁心灵。

两只蝴蝶围绕着，扑扑翅膀的灵动，
相约着飞舞，萦绕在我的身边留停，
以最完美的姿态，翩翩地落在我的手心，
展示那诱人的，华丽身影多么色彩缤纷。

牵动着我的眼睛，心中莫名的悸动，
那对蝴蝶仿佛善解风情，贴着嘴唇，
它们嬉戏着亲吻，就像一阵清脆的铃声，
我那诗歌创作的心弦，在那一瞬间苏醒。

写关东秋叶，昔日工作的汗水淋淋，
此时排山倒海思念漫过，不约而同。
崭新的写作之船高耸岸边，扬帆启航程，

故事的梦想，约定好就在那不远的黎明。

塞外的夏日，绿色的草原微微凉风，
简陋的小院，杨柳依依的花朵盈盈，
书房里温柔的西厢情感，那么细腻动人，
没有折枝摧花暴戾，真挚善良中的爱情。

在书房里，想象古代桃源般的仙境，
常常使我们，在山外青山的意境中。
天色黄昏，总是迫不及待就暗下来光明，
此时笔耕不辍，沉醉在书中不舍的心情。

# 初 春

月亮和太阳交相辉映，
变幻装饰着大地的萌动，
刚绽放了叶苞的柳枝随风，
飘荡着观望黄昏的安静。

当萧条冬季最后的阵风，
把草地的小花早早地唤醒，
那绽放着黄色花蕊在早春。
氤氲着原野里的空气朦胧。

以壮阔的绿色把草原振奋，
向人们展示着春天的来临。
在阡陌交错的田间山林，
杏树桃花枝头的粉瓣争红，

暂忘了城市喧嚣的情景，
别样的美，醉了家乡的心。
这春季野花遍地开放，

让人流连忘返，不舍初春，

早春的印象，略微清冷，
就这样深刻地印在脑海之中。
这花开花落，变换着星空，
缠绵不舍，惊扰着寻梦的人。

# 无 奈

人的心灵困惑，往往是眼睛的原因，
很多的想法，都是对表面事物的反应。
眼睛的判断，经常会误导你的身心，
把假象当作真理，把黑暗当作光明。

在这个世界上，眼睛无论大小和颜色，
微笑和眯缝，那双眼睛都代表他的心灵。
面临着很多困惑，是人需要精神光明，
努力走出迷茫，来拯救无知的灵魂。

我铭记生活中，岁月深深浅浅的印痕，
忘却悲哀的歌声，消失在万里天空。
看到别人在红尘里，迷茫虚弱的眼神，
不要去嘲笑，而是用诗歌扶助他的灵魂。

对很多青年，不免产生惋惜的我们，
以为金银满地，其实是月亮和太阳的辉映。
孩子们是否明白，走进社会这复杂的环境，

因为不适应社会，而无法面对希望一场空。

而如今的春天，百花齐放姹紫嫣红，
回想自己，曾经颓废和奋斗过的我们。
年轻人刚刚深入社会，放下书本，
过多的世俗包围着，而对未来困惑不清。

人们乐观认为，毕业进入社会就是光明，
孩子们此时拥有着，完全快乐的心情。
记得还在读书的人，全都期待着毕业，
还在学校中嬉笑着的人，不由得产生怜悯。

可能有心自我嘲笑，大家是学习的精灵，
看着似乎走进光明的灵魂，是多么的幸运。
向往着红尘世界，必须奋斗出自己的模样，
我要用诗歌，挽救黑暗中走不出来的人。

沉重的感觉一下席卷了我，游荡于虚空，
那些充满笑容的脸庞，那些火热的身影。
孩子们处处溢满着幻想，周围的不羁笑容，
就像自己还在拼搏时，那尴尬的青春。

# 秋天的影子

我喜欢坐在秋日的乌梁海岸旁，
看那太阳，把色彩纹刻在湖水的身上。
眼神舍不得离开，绿树下的影子，
斑驳一地的树影，温情可爱带来清凉。

椭圆形的树叶，芦苇的身形细长，
随着太阳越过头顶，影子被拉出光亮。
几丝阳光，从摇曳的芦苇缝隙中钻出，
浪漫的情调，乌梁素海金色的阳光。

躺在绿树花丛中，听着风儿在响，
阳光下，枝叶的影子在不停地摇晃，
高高矮矮地相依，像是在亲吻拥抱，
忽然又离开，羞羞答答地牵手相望。

抬头望红叶灿灿，更多绿树正在变黄。
秋风带着影子，哗哗笑着我的模样，
它们围着我们在转，追赶蚂蚁爬到我身上，

绿色影子轻轻覆盖，能感到森林的蓬勃生长。

枝叶像秋的精灵，挤挤挨挨摇曳着金黄，
沙枣树的身影，像醉了酒在摇摇晃晃，
是铃铛般的果实，挂出一串串金黄，
那悠悠的清香，在树下飘过我的身旁。

花儿的香，绿叶的香，芦苇的香，
她的香，你的香，和那心里的芬芳，
还有青草的馨香，感觉微风的清爽，
秋天是金色的温暖，也能是遍地的哀伤。

我清晰地看见，鸟儿们说着情话扇着翅膀，
昆虫们跳着劳动的舞蹈，爬向洞穴的方向，
大地上所有的物种，生活在五颜六色中，
不同的悲喜，在精神中获得在生活中失望。

心境完美的平和，探索人生是什么模样，
直面挫折，抛弃曾经自怨自艾的悲伤，
以温暖的态度，回顾崎岖的人生，
你的心就如秋日的光辉，真诚而坦荡。

# 日　月

当你呱呱降生到这个世界，
时间就开始拿走你的一切，
你成长的同时却也在流逝生命，
就是那些摸不着看不见的日月。

生命虽然只有短暂的岁月，
不能只在梦中生活里宣泄，
当你感受到生活是多么的美好，
就要把真善美装进自己的日夜。

愿意相信很多善良的灵魂，
真实却是外表虚假的装贴，
无论商品还是人品都真真假假，
盼望着善良与社会真诚的和谐。

人的心灵是追求真理不懈，
干扰和影响会改变这一切，
只有那些最勇敢最智慧的心灵，

才能坚强对抗外部迷惑的世界。

背离了公正就应叫作奸诈，
而至善方能至美改变日月。
我们为信仰真理而去勇敢战斗，
立场不同对真理理解就有区别。

活好今天就胜过两个明天，
生命就是时光和眼下一切，
没有什么比拥有健康更加快乐，
是人最大的幸福和真实的热烈。

失去了真善也就失去了美，
征服自己的欲望战胜黑夜，
这种胜利是伟大人生最终胜利，
只有战胜自己是最光荣的事业。

# 秋色黄昏

树叶从树的怀抱中，落下纷纷
像美丽的黄蝴蝶，在深秋的风中

秋天是七彩玲珑，金色凤凰晶莹
黄昏的河边，最令人惬意温馨

放眼望去，时时刮来一阵轻风
那河面上泛起，鱼鳞似的波纹

树下是我和影子独处，扪心自问
那些没完没了的悄悄话，说给谁听

小河哗哗流淌，笑着流出石缝
在太阳的照耀下，瀑布波光粼粼

暮色的蓝天上，飘浮着红色的云
村庄里笼罩轻烟，如同坠入梦境

田野上烟消雾散，淡淡飘过晚云
水一样的清光，空气柔和清新

哈拉河充满希望，听那美妙的歌声
红山后的白桦，在欢快的七彩传诵

树叶被吹得凉爽，在那高高的山顶
飒飒地响着道谢，秋天的清凉的风

喜鹊在树上衔环结草，好像以德报恩
树下小鸟找不到小溪，那里流水淙淙

看着影子说很想念，面对自己的心
此刻终于明白，是在想着远方的人

# 静 心

初夏来临，闻到了小院深处的芳香，
玫瑰静悄悄地送上，它惊艳的模样，
小小的植物，安静守着日月的一方，
与这个世界相处坦然，温馨安详。

我清晰地听见，鸟儿们在说着情话，
昆虫们跳着舞蹈，奔波在巢穴方向，
大地上的人们，生活在五颜六色中，
终有一天，在有形无形中失去力量。

多年的奔波，在于寻求内心的激荡，
今天突然停留在，瓜熟蒂落的地方，
悟出生活的真实，好好与自己相处，
让愉悦身心安静之态，保持在日常。

那些扬手即到，呐喊悠扬已成过去，
虚荣乍现的闪耀，暗笑璀璨的容光，
此刻人生溢出的安静，替代了喧嚣，

如今壮志凌云，无法代替身体健康。

打开书本寻找前因后果，作品深处，
闭上房门静思人间真谛，理清方向，
与世渐相安，就会少有缠绕与郁结，
从此渐渐就有了时间，来习字闻香。

寻一处远离尘世喧嚣的，偏僻地方，
用山间的土屋，悄悄地把身心安放，
静默会清洗出内心所有杂念与烦躁，
安静会是你的人生，最伟大的力量。

# 夏天的爱

牢记着秋水天长，想念冬的雪天，
没有理由，不热爱夏季情的牵绊。
夏天火热的情感，没有人不喜欢，
你我前世姻缘，却不能五月相伴。

阳光洒满了温暖，诗词寄于庭院，
你就坐在落花处，夏风拂过人间。
只愿今生，你是怀里的一朵青莲，
让我拥抱你的，所有快乐与伤感。

大海和星辰，变成了想你的感叹，
时光的流逝，是我追着夏风在转。
爱从来不是强求，而是两情相悦，
青春年华瞬间而过，请珍惜顾盼。

只为墨笔一处，草木的深情长安，
只要是喜爱，我定待你珍重万千，
知道总会遇见你，相逢的那一天，

心上有春花，依旧是夏日的青年。

你知我爱你，一如当初那般热恋，
愿夏风足处，以丹青一纸落笔焉。
惜君如常，燃烧与日俱增的情感，
让一段风华，写满了深情的人间。

阳春白雪天籁，才换你开口一言，
此曲只应天上，难得几回闻人间，
愿曲落过处，笔墨一段云烟江南，
流水光阴秀色山河，飒飒在人寰。

千山万水总是情，花香在染心田，
悲欢离合，七情六欲全为君温暖。
洒落一纸的墨，画细了你的眉眼，
平日时相思，此情方长永在心间。

月落西楼，世间的真情温柔夏天，
山青如黛夏风懒懒，枝叶相扶搀。

朝为日暮为月，我的眸秀你的眼，
夏风小荷尖，鸳鸯鸣爱情满人间。

# 孤独的执着

人生的路途，时有三五成群的相逢攀谈，
也有独自一人的徘徊，在春夏往复之间，
大雨滂沱的无奈，也有风轻云淡的蓝天。

一抹绯云几叠光影，早已静于坎坷流年，
那时的斑驳小巷，只有我在人海里顾盼，
很多岁月的层叠，如今远离与孤独相伴。

时光里会交织出，人生中的忠诚与背叛，
好友义气肝胆，间或夕阳下的温柔缱绻，
只是年年五月的那天，真诚为朋友祭奠。

一些心事落在风里，堆积纸上浅浅而念，
既是纵横船翻，亦为隐隐小藏不动声颜，
每个人在生活面前，都会撑起微笑的脸。

曾有无数个雨天，我笑而不语痛而不言，
以微笑面对红尘的碎石，已经十分习惯，

可以被世界辜负，但不能自己污浊不堪。

无论何时做个孤独的人，心地都要良善，
更愿如赤子般忠义孝勇，这样方能心安，
太阳也会靠近你，让它的光芒为你四散。

岁月不断流逝，人生完美或是缺损不全，
总会让我们选择得与失，在悲与欢之间，
懂得宽宏大量懂得包容，方才懂得沉淀。

也许俗世寸步难行，老来回忆两次三番，
无怨无悔不愧此生，晚风轻柔微微拂面。
包容执着纯真的自己，如此一世为圆满。

# 五月的回忆

五月踏青时，攀登在树影斑驳的莫尼山，
乌梁海光影层叠，大桦背郁郁葱葱再现，
岁月荏苒，白桦树上的雀鸟在枝头飞旋，
鱼儿海里翻滚跳跃，花儿在山坡上娇艳。

轻云在天际流转，和风拂耳吹过海和山，
在那树影轻摇的山路旁，心里忽生思念，
那一年繁花似锦，碧色的山水连着蓝天，
我们相望着眸中的欣喜，在霞光里登山。

在我侧眸时，脸上泛起红红浅淡的波澜，
原来已是半生的蹉跎，无数春秋的顾盼，
浅浅深深的过往，今天我在重复的路上，
浅淡的样子清晰了，又引起我怀念不断。

层叠了的时光，无数次轻拂过我的耳畔，
那些回忆细碎又朦胧，十分温暖又遥远，
似洒落山下的斜阳，静而无声轻而缱绻，

记忆里的相逢与别离，早已重叠在童年。

风起云收，我闲坐在山顶看着斜阳霞散，
想起了年少的无忧，念起了百花的灿烂，
说起闹市的相逢，红袖章相见难数其烦，
最后都化作一抹烟云，在心眸间已飘远。

渐渐西去斜阳半边，风吹又过五月的天，
在忙碌人生里往复，雨落静夜巷口房边，
与我斜倚在窗前靠肩，那抹绯云记流年，
岁月里总有一处，永远忘不了的风景线。

黄昏里流云绯彩，遥望晚霞染红天际边，
忙碌了一天的人们，迎着夕阳期盼明天，
生活的疲累，却也有着属于自己的温暖，
夜幕垂落的灯下，思念还在泛起着波澜。

# 夜 读

静夜，捧着书本静坐在桌前，
小院里的花草安睡一抹阑珊，
吊灯在夜风的摇曳忽忽闪闪，
反复阅读书中的丑陋或甘甜。

夜风又来把书本极速地吹乱，
轻轻地拂动着读者的发梢尖，
微凉晚风我思索着走到窗前，
想着把读书带来的倦意吹散。

托尔斯泰写出了和平的艰难，
巴尔扎克提醒每个靓女俊男，
大仲马描绘刹那消失的情感，
莫泊桑写出随风而逝的诺言。

契诃夫凝眸着静谧里的窗前，
屠格涅夫的灯火朦胧着一片，
果戈里的暮夜寂静直到天边，

普希金跨步刀枪格斗着依然。

莎士比亚的戏剧感悟终破卷，
夏洛蒂模糊的心事重重不断，
雨果个人的孤独细细来描写，
福楼拜把寂寥的内心来渲染。

凡尔纳笔下的许多幻想名篇，
高尔基从不指望别人的顾盼，
鲁迅不在世俗的喧哗里乖巧，
泰戈尔在斑驳里去明察秋毫。

读书使寂寥的人生丰富依然，
时刻要保持自己的内心静安，
避开红尘的纷扰去阅读清宁，
把此生安好在书海的孤默前。

# 诗词的恋情

窗外，在悄悄刮着五月的夏风，
吹来白云蓝天和大地柳绿花红，
同时飘来了那些风花雪月诗句，
还不时弹拨着优美旋律的古筝。

诗笺上是笔墨行行跳动的精灵，
化作阕阕诗句行行优美的词韵，
相遇就如一场玉墨情长的香茗，
像所有的故事一样美丽而动听。

有些事一旦遇见就会万年心动，
一旦开始就覆水难收投入真情，
在这一行行诗词的章节情感里，
也只有诗人才会爱得这么深沉。

意境的美奠定了对诗词的感情，
看一眼曲词就有万年痴迷忠诚，
在这烟火的岁月里伴随你风雨，

从此就是信守诗词诺言的一生。

陪诗词花开花谢与你同老同生，
像一棵大树盛放是我们的缘分，
诗词是一辈子抗拒不了的想念，
对曲词乐章真爱只需刹那光阴。

阴柔之美惊艳了我的流年终生，
清淡素雅温柔了我的岁月匆匆，
雄奇壮阔此生永恒的痴迷不断，
阳刚之美永远表现在曲词当中。

清淡素雅是阴柔之美词的意境，
表现着清丽明艳那种恬淡从容，
雄奇壮阔是阳刚之美词的激越，
壮士情怀酣畅淋漓的豪放之兴。

并非执笔刹那才想起诗词雅颂，
孤单徘徊的月下寂寞仰望天空，
凝望远方伫立窗前使自己安静，
诗词的内涵牵挂着我焦急的心。

偶尔你走远是惦记着心中永恒，
我总是如此想着你却情不自禁，
在红尘的角落里有着你的影子，
在我的时光荏苒和那飞花叶空。

亲爱的诗词我爱你轻轻道一声，
让诗词住在心里那样的暖盈盈，
用我痴痴无悔的真心守护娇艳，
想你就动笔我与诗词相随永恒。

# 五月的怀念

夏风吹起头发凌乱，飘在我耳边，
脸上的皱纹，秋霜重染的白发眉间，
朋友在几年前逝去，再也寻觅不见，
我记着那是在，某年五月的第一天。

我们浅笑相逢在，五十年前的秋天，
我们相处在每一个晨起月落的时间，
学校无尽的琐碎里，也许一个眨眼，
带来光阴的欢乐，岁月青春难还。

每日那些深深的怀念，无声的感叹，
又在不经意间，泛起了莫名的波澜，
在静夜窗前，也流淌在黄河的岸边，
如今跌跌撞撞徘徊，忘却了从前。

曾经咫尺可见，无论闹别扭或喜欢，
却成了浅淡的痕迹，在梦境里攀谈，
时光里的旧事，漂浮在岁月长河间，

总是让人深思，那细碎的经历遥远。

让人念念不忘的，我们如梦的尘缘，
过往似蓝色的天空，让人念而欢颜，
朋友像飘远的飞絮，让我时时怀念，
曾经走过的路，回首再寻心中不安。

如今别离远远，回忆中只有心酸，
记忆浅淡了颜色，留一抹回味不断，
浅夏的路口，又想起当年夏日夜晚，
在宇宙里天各一方，不忘深情悠远。

# 文字的缘

文字让人回味着生活深浅明淡，
在草木间悄悄往复着历史山川，
我在匆碌而忙的文字途中，
过往的故事无数，也曾相逢这般。

是文学层叠了春秋与冬夏，
拾起人间久违的温柔和甘甜。
提笔伊始，把最美的时光持念，
岁月静好，精心着文字参道悟禅。

只为风雅文章，不为炫目旁观，
静写四季的芬芳变换，风拂花落瓣，
描绘时光星移斗转，那种渐行渐远，
只为在红尘中，结一份文字的缘。

思绪在时光中悠绵，轻盈温婉，
飘散的美丽，惆怅略带着淡淡，
风过小溪，芳草青青花香弥漫，

字与词的交错，织成最美的自然。

烦躁的午后，浅酌一杯咖啡由苦再甜，
让心平静下来，把那段故事细细再现，
文字用虔诚的心态，来一种另类的独白，
笔下诗句在跳跃，留下适意和舒缓。

季节里隐藏着，文字的躁动不安，
内心深情中，写出心灵一丝挂牵，
那片绿叶，就是难忘的过往年华，
用文字，书写着琐碎日子的平凡。

迎来静寂，已经褪去了青葱的盛繁，
步履匆匆，来不及擦拭岁月中的泪点，
微风带着暖意，漫步在四季的人间，
沉淀内心的奢望，用文字涂抹回头瞬间。

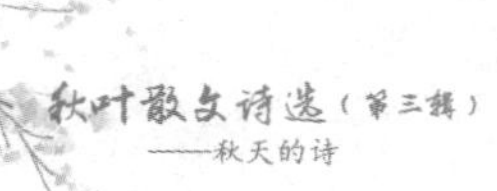


# 文学的佛缘

诗是句句鲜花开，词是菩提绿叶来，
花朵为苍生灿烂，文学却只为你栽。
前世等候你千年，今世终于擦肩而来，
我在菩提下焚香，只求与你倾心相待。

诗词语汇广似海，梦隔两日文不在，
能遇见的就是本来，长生天的精心安排，
绝非偶然的相逢，会出现在你生命里，
有理由相信，那种文学合理的存在。

期望文字的邂逅，痴等诗词的花开，
盼那生命中的笔墨，注定有缘会来，
今生与你倾心相遇，一世的文学之树已栽，
不恋富贵只慕文字，为文学饮汤拾柴。

如若有来生，当为文学作品红毯铺外，
赶赴红尘渡口，再吟一次轮回来抒怀。
文学是我的前世，我能触摸到你的心底，
作品如盛开的菩提，只愿一集集的花开。

# 秋叶诗词

春天去的悄悄，夏天又来的轻轻，
寥寥的几个字，把无限感慨已表明，
不多的闲暇里，写下几百首诗文，
文字中的韵味，明了了心路历程。

诗词虽然短小，却很精湛入红尘，
字字珠玑，表达着含韵的古今，
写尽了四季更迭，也哀叹了人生，
还在凝眸间遥望，封心锁字的浮沉。

所有的点滴，都是自己的心中尊崇，
一路走来，追求诗书文字的完整，
在季节里环视，对所有遇见品珍，
读人生感悟，依然忠于自己的初心。

用简约的文字，歌颂这四季的美好，
不求流传后世，只希望能让读者顺心。
喜欢诗词文字，创作自己风格的结晶，

总有一天文思枯竭，书本会无人问津。

四季春秋更迭往复，绿色的人生郁葱，
斑驳了光阴流年，静等着岁月安宁，
一路坎坷不断，回首往事难寻旧梦，
直到人生的尽头，我再遥望归程。

# 二

# 纪念党的百年诞辰

# 党的旗帜

一百年前的一九二一，
中国共产党举起了红旗，
镰刀锤头表明了，工农的伟大，
我们是，创造财富的无产阶级。

口号和游行，传单和聚集，
面对着，野兽利爪的横行无忌，
手无寸铁抗争的结果，
那是无数鲜血，染红了大地。

先烈们冒着腥风血雨，
为了人民的正义，冲向前去，
镰刀斧头的旗帜，飘洒着鲜血，
为了反抗压迫，我们齐心协力。

不断流血牺牲的教训，
使党意识到，建立军队的契机，
要用枪杆子，保卫自己，

党的武装，才能使革命继续。

先驱们在南昌，揭竿而起，
开创了，人民军队的八一，
有了枪杆子，就有了根据地，
红色的旗帜，高高飘扬在那里。

五次反“围剿”，保卫红色土地，
多少鲜血，染红镰刀锤头的大旗，
几十万红军英烈的生命，
牺牲在祖国的山河里。

北上抗日二万五千里，
走过了雪山和草地，
革命的火种，生生不息，
鲜红的党旗，又在陕北升起。

抗日烽火燃烧在中华大地，
全国人民奋起抗击入侵之敌，
我们的党经过十四年抗战，
锻炼了队伍壮大了自己。

从一九三一年，到一九四五年，
中国人民终于打败了日本帝国主义，
就在全国人民欢呼和平之际，
党已经感到，内战危险的继续。

为了广大群众，为了正义，
最后的较量，是光明的胜利，
镰刀锤头，代表了人民的利益，
就在伟大的东方，开启了崭新的世纪。

鲜红党旗，飘扬在古老的土地，
向全世界宣布，中华人民共和国的成立，
开国元勋们，登上北京的城楼，
长安街上，解放军队列整齐。
一个洪亮的声音响起，
向世界宣布，中国人民的胜利！

中华人民共和国诞生了，到处都是欢声笑语，
国家的命运，从此和党连在一起。
要知道，党旗那鲜红的色彩，
就是千千万万烈士的血迹。

每位党员，抱着那颗火红的初心，
对伟大的中国共产党，不离不弃。
在鲜红的党旗下，庄严地宣誓，
站好自己的岗位，在各个领域。

中国共产党成立百年，
伟大的共产党，经过了百年风雨，
中国社会的变化，日新月异，
党领导着新中国，在世界之林屹立。

中国共产党流血牺牲奋斗了百年，
没有辜负烈士的希望，人民的期许。
党员和党的命运，心心相系，
人民和党，永远紧紧连在一起。

# 百年辉煌

一百多年前世界风起云涌
让许多的民族摆脱了迷蒙
整个世界都在渐渐地觉醒
中华民族还是沉睡的巨龙

有人富有而我们大众贫穷
世界如何得到自由和平等
列强们坚船利炮横冲直撞
孱弱的国家被欺压和殖民

俄国传来工农的十月革命
为东方吹来了强劲的春风
阿芙乐尔军舰的一声炮响
马列主义在世界震耳欲聋

就在一百年前的上海湖滨
共产党成立带领人民革命
南昌起义宣誓了武装斗争

我党成为中国革命的灵魂

建立了苏区开展土地革命
由此发动更多的贫苦农民
红军抵抗敌人的五次“围剿”
北上抗日走上了万里长征

革命总是要经历暴雨狂风
共产党内不断有党内斗争
在长征路上遵义会议确定
伟大领袖指导革命的征程

延安宝塔山迎来中央红军
团结抗日是共产党的坦诚
八路军在华北牵制着敌人
日军的后方活跃着新四军

中国艰苦的抗战胜利来临
可是内战风险威胁着人民
既然国内的战争无法避免
人民军队奋战无往而不胜

伟大的领袖领导共产党人
终于唤醒东方的中华巨龙
就在一九四九年十月一日
新中国屹立东方民族之林

我们在建国之初百废待兴
抗美援朝打败了“联合国军”
祖国的经济发展突飞猛进
新中国的建设是日异月新

任何事物都不会平平稳稳
党犯了错误也不断地纠正
经济建设就是我们的方向
改革开放走上了新的征程

四十年的发展三十年创新
今天中国已是世界的巨人
没有共产党就没有新中国
事实用中国的发展来验证

共产党努力百年带领人民
使中国一穷二白变成繁荣
百年努力有了今天的辉煌
中国共产党是人民领路人

三

# 蒙古民族传说

# 那达慕

秋天为了表示丰收喜悦之情，
草原上要举行那达慕的活动，
那达慕是蒙语娱乐的译音，
是为秋天的收获而欢乐尽兴。

定下来日子很快就通知了牧民，
那达慕的场地彩旗飘扬热闹隆重，
那些商贩带来了丰富的商品，
匆匆赶来了百里之外的人群。

大会主持是大家尊敬的领头人，
宣布了那达慕竞赛的规定，
一张桌子上摆着铜人独特造型，
那是争得第一选手珍贵的奖品。

那达慕期间要进行祭祀活动，
喇嘛们要为草原消灾焚香点灯，
这是牧民们千年的传统，

祈求神灵保佑草原而颂佛礼经。

那达慕大会有着丰富的内容，
都是草原蒙古民族的传统，
那达慕上最惊险刺激的赛马，
表现了蒙古民族的顽强好胜。

蒙古族是马背上的民族非常英勇，
骑马是蒙古族人的一项基本技能。
蒙古族小孩的骑术就已出神入化，
那达慕的赛马第一名总是孩子们。

他们能把硬币在草地上一字排开，
十几岁小孩子排队骑马飞奔，
突然俯身探手，快马一闪而过，
那一串硬币已然握在手中。

赛马都是三十公里、六十公里，
九十公里赛马那达慕上也很普通，
这样的距离在西方属于极限运动，
但在那达慕赛场上却极为普通。

赛马是大会上首先开始的活动，
年轻骑手们一字排开兴冲冲，
每个赛手扎着彩色腰带头缠彩巾，
洋溢着草原骑手火热的青春。

赛马的起点和终点一路飘红，
鲜艳的彩旗指示着赛路征程，
草莽中，铁蹄踏踏骏马嘶鸣，
憋足了劲头，奋力向前冲。

号角一声，众马飞射而出疾行。
骑手们飞身上鞍如箭矢齐发飞舞红巾。
蒙古族人爱马懂马，自己的坐骑亲近，
骑手与马保持着心灵上的沟通。

一个手势，一个眼神，
马都能真切地感受到主人的指令，
身体在马背上的起伏、倾斜，
马儿在草原上不断地飞腾。

骑手的一个微妙的差异，
就能决定马的状态和速度前行。
优秀的马和优秀的骑手，
就会在草原那达慕获取第一名。

射箭来源于古老时代的战争，
射手必须有很好的协调耐性。
这是个非常需要定力的项目，
丝毫不能急躁要专注自己的精神。

出手准确，射手必须有这样的反应，
蒙古族人天生性格冷静、坚定。

蒙古族人自古就是优秀的狙击手，
草原健儿锻炼成这种潜能。

那达慕射箭项目用的是牛角弓，
拉弓弦的手，用大拇指扣紧弦绷，
箭尾卡在拇指和食指的指窝处，
蒙古式采取大拉锯的方法开满弓。

百步之外是草编箭靶的红心，
射手们表示出自己一定会赢，
支支长箭飞速地离开弯弓，
只有稳定射手的箭支正中靶心。

蒙古式摔跤又称为搏克，
是那达慕大会上比赛重中之重，
参加搏克的搏克手裸露着上身，
他们都是草原上最强壮的人。

那达慕摔跤比赛的规则很特别，
不分公斤级，没有几局几胜，
也不搞什么小组循环比赛，
只是两人摔一跤胜负就定。

这个规则看起来不合理也不平等，
可是没有选手为所谓的规则相争，
你的实力就是一下子取胜对方，
这来自历史上残酷的战争。

在战场上蒙古族勇士一旦被摔倒，
就没有第二次机会来反攻，
也不管你是有过辉煌战绩的人，
每个人只有一次胜利的光荣。

赛场上摔跤手佩戴彩色布条的项圈，
叫作“江嘎”的项圈代表过去的光荣，
摔跤手在比赛上获得一定的成绩，
老摔跤手才愿意让他把江嘎传承。

以后摔跤手每次比赛获胜，
在江嘎上加一个布条表示光荣，
江嘎上的布条越来越多，
说明摔跤手胜利多而得到尊重。

摔跤手上场和退场的仪式隆重，
要跳一种古老的舞蹈像张臂飞腾，
那是模仿草原雄鹰在搏击长空，
表示蒙古摔跤手就是蓝天下的雄鹰。

马球、骑马射箭、乘马斩劈各项活动，
赛布鲁和乘马技巧依次在场内进行，
最有趣的是马竞走，四脚不能同时离地，
马受过特殊训练，步伐走得快又匀。

令人赞叹的蒙古族的棋艺，

它展示了蒙古族人民的才智聪明，
棋盘上那些石头做的牛马刀兵，
对弈双方在方寸上厮杀凌空。

晚上篝火旁男女青年轻歌曼舞，
那些歌舞曼妙引人入胜。
姑娘身着漂亮的蒙古衣裙，
小伙子们展示着壮硕的青春。

大锅里的手把羊香喷喷，
蒙古包子一笼又一笼，
草原上的奶茶香飘四溢，
一根羊肉串上的肉足有两斤。

草原上的人们为了庆祝丰收，
牧民们把娱乐大会来举行。
每年七八月牲畜肥壮的季节，
大家都沉浸在节日的欢快之中。

那达慕是蒙古族人民的盛会，
也吸引着众多游客参与其中，
展示着内蒙古美丽的风光，
还有勇敢善良的蒙古族人民。

# 安代舞的传说

很久以前在科尔沁草原，
一位善良的牧民叫海日罕，
家里的女主人很早就病故，
留下了美丽的女儿叫阿日善。

部落里的一位猎手叫阿日斯兰，
猎手年轻英俊，忠诚又勇敢，
他照顾这父女细心又真诚，
姑娘渐渐地爱上了阿日斯兰。

父女俩为王爷放羊在草原，
海日罕贫穷却从不对巴彦把腰弯，
他的女儿温柔善良为人热心，
他们的名字早就传遍了草原。

姑娘阿日善美若天仙，
就引来王爷的垂涎和纠缠，
“你要做我的第六房福晋，

你会有用不完的金银绸缎。”

王爷忌惮猎手阿日斯兰，
用诡计让猎手送信去遥远的乡间，
他定下日子就要和姑娘成亲，
让手下先把海日罕的毡包看管。

姑娘深深爱着阿日斯兰，
她宁死也不会嫁到王爷身边，
父女两人悄悄地商量，
决定连夜离开家乡的草原。
他们灌醉了那几个亲兵，
还把他们拖进了蒙古包里面，
环顾着自己亲爱的家乡，
趁着夜幕逃离了科尔沁草原。

他们只有一辆破旧的牛车，
这就是他们唯一的财产。
父女俩向远方的大山奔去，
还不知道流浪到哪一天。

路上的风吹雨打不断，
饥寒交迫的日子总是连绵，
远处宝格达山在七彩变幻，
终于发现圣山离他们不远。

女儿一路上都把阿日斯兰想念，

"什么时候你才能回到我的身边？"
沿途的颠簸使女儿变得病恹，
她不吃不喝已经气息奄奄。

看着女儿已经苍白的脸，
老父亲使劲赶着牛车向前，
一路上他祈祷着伟大的长生天，
保佑病重的女儿赶往圣山。

牛车走在路上大雨倾盆而现，
木头车轮顿时陷进了泥潭，
破旧的牛车把车轴一下子拧断，
老牧民只能围着牛车来回地转。

看着女儿奄奄一息生命危险，
老父亲甩臂跺脚哭得泪水已干，
围着牛车高声诉说自己的心酸，
他虔诚地祷告着宝格达圣山。

他拿着女儿头巾绕着牛车转，
祈求神灵保佑女儿能够病好还原。
这歌声引来了放牧的众乡亲，
大家潸然泪下一起祈求圣山。

老人甩臂跺脚，人们跟在后面，
手里拿着彩色头巾依次转圈，
围着牛车虔诚地歌唱和舞蹈，

大家的诚心感动了宝格达山。

雨停了下来，太阳照耀着草原，
姑娘的病已痊愈，现出红润的脸，
她走下牛车，也加入了舞蹈，
和大家一样地跳着，感恩圣山。

这个时候那个猎手阿日斯兰，
他一直把美丽的姑娘惦念，
从那天涯海角赶回了家乡，
又追寻着牛车的印迹来到了圣山。

阿日斯兰拥抱着阿日善，
从此他们一家生活在宝格达山，
海日罕每天都要对着圣山祈祷，
跳着安代感恩一家的团圆。

从此草原上所有的盛会里面，
无论是那达慕，还是敖包祭天，
都用这种载歌载舞的形式，
抒发人们，对天地和家乡的情感。

敞开长袍的下摆，围成一个圆圈，
右手拿一块彩绸，歌声舞蹈连连。
这种舞蹈，蒙古族就叫“安代”，
舞姿优美，歌曲悠扬婉转。

在场院里，上百人围成大圆圈，
由歌舞能手，唱歌对舞翩翩，
众人呼应踩脚、甩动衣襟，伴舞伴唱，
一下子就形成，热烈欢腾的场面。

安代舞是集体舞优美的变幻，
是传统歌舞，逐步的演变，
踏歌顿足、旋转踏步、载歌载舞，
蒙古族集体形式，渐渐地发展。

舞蹈工作者，搜集整理和改编，
使古老的安代，有了新的发展，
今天成为，表现时代的艺术形式，
是自娱性的，集体舞表演。

# 蒙古长调的魅力

长调是蒙古民族的声乐，
是一朵美丽的花永不凋谢。
哪里有草原，哪里有牧人，
哪里就有长调悠扬的亲切。

音域宽广一气呵成的形式，
音色婉转温柔似月光之夜。
颤音和装饰音震颤着肺腑，
高亢的穿透力像阳光倾泻。

与世界任何民族的歌唱艺术，
没有结构和要素上的重叠。
长调尤其值得称道的是那，
悠扬的旋律繁复的波折音切。

只可意会的内在声乐节律，
柔中有刚，唱法表现得妥帖。
这是蒙古长调才具有的特质，
这就是蒙古长调魅力的明确。

演唱长调常有一个完整的乐段，
有低音到高音区提升的狂野。

再降到低音区气息要保持完整，
还要有反复高低音区的翻越。

节奏自如高亢奔放独特的演唱，
歌腔舒展着长调特征的音乐。
很多的乐句都有长长的拖音，
用颤音表现歌声腔长的起跌。

长调一般为上下各两句歌词，
唱起来豪放不羁，千里奔泻。
长调演唱四句歌词要两遍唱完，
演唱者积累着自己感悟的真切。

旋律悠长舒缓着意境的开阔，
旋律的装饰性滑音回音在超越。
独特的“诺古拉”演唱方式，
形成的华彩唱法而影响世界。

蒙古长调的唱法以真声为主，
它感叹自然讴歌母爱的真切。
蒙古民族那智慧心灵的感受，
赞美生命和诉说爱情的强烈。

采用大量装饰音的抒情歌曲，
长调由三十二种旋律来相叠。
它赞美家乡草原和山川河流，
是蒙古人对大自然由衷的感谢。

不同的人演唱节律各有差异，
歌词是描写草原的春夏和冬雪。
美丽的蓝天白云和江河湖泊，
悠远的长调才能表现得真切。

装饰音和假声是长调的特点，
悠长持续的流动性旋律在排列。
长调包含着丰富的节奏变化，
极为宽广的音域和形式跳跃。

上行的旋律节奏缓慢而稳定，
下行旋律插入三音重复可介。
来自对草原生活步调的模仿，
与牧民的田园生活紧密地相谐。

长调是有鲜明特点的游牧文化，
与蒙古语言和文学相连着枝叶。
它以草原人特有的艺术语言，
述说着蒙古民族的文化和美学。

# 盅碗舞

盅碗舞，是鄂尔多斯的蒙古族，
从元代承传下来的蒙古民族舞。
形式新颖而活泼动作端庄优美，
舞蹈气质高雅，风格一帜独树。

柔中有刚的性格蒙古舞蹈气度，
极富特点那蒙古舞风的顶碗舞。
表现着浓郁的西部蒙古族特点，
在蒙古族舞蹈里显得十分突出。

能歌善舞的鄂尔多斯蒙古民族，
在喜庆佳节聚会上一定会跳舞，
这时在银碗里盛满清水或奶酒，
美丽姑娘顶在头上而翩翩起舞。

她的双手还要各拿两个银酒盅，
在歌声伴唱和器乐中慢慢起步。
敲打着酒盅，发出规律的声响，

舞者即兴发挥，感情激昂四顾。

跳舞姑娘头顶着银碗手持双盅，
酒盅碰击节奏和音乐和到一处，
秀美的两臂不断地舒展和屈收，
前进或后退使那身体腰肢楚楚。

顶碗舞动作，没有固定的套路，
一定掌握好动作和击盅的舞步，
充分展现出舞者的技艺和风采，
舞姿频繁变化，眼神妩媚丰富。

生活中的经验使舞蹈动作丰富，
顶碗舞的灵活成为女性的独舞，
舞蹈既有古典蒙古女性的高雅，
也表现蒙古妇女活泼大方的风度。

盅碗舞用典雅含蓄的风格征服，
主要表现在软手、抖肩和碎步。
盅碗舞特点就在，抖动的为主，
优美在华美衣服，高耸的胸部。

舞蹈体现了蒙古族妇女勤劳朴实，
纯洁活泼的性格，和喜悦富足。
随着盅碗敲击出银铃般的响声，
表现蒙古族聚会时的欢乐幸福。

四

# 义勇军赞歌

# 雪中行军

疾风呼呼在刮，漫天的大雪哗哗，
大地和山林湖泊，都蒙上迷雾般白纱。

骤然间天昏地暗，暴雪沙石击打，
铿锵的马蹄声，不惧你暴风雪的强大。

就在雪暴之下，匆匆的一队人马，
追逐狂风和黑暗，全都狠狠踏在马下。

我们是雪中精灵，去拼搏去厮杀，
冲破冰霜和暴雪，只有英雄傲视天涯。

# 美丽的雪花

风雪浓雾中，神奇美丽的雪花，
带着晶莹剔透，翩翩悠然而下。

多么美妙的声音，在我耳边滴答，
轻柔飘落在肩头，十分自如潇洒。

我虔诚地向前伸出，自己的手帕，
想要捧住那鹅毛片片，洁白无瑕。

在风的伴唱中，婆娑着舞蹈入画，
美丽的白雪仙子，在我手中落下。

一片薄薄倩影，菱形透明的雪花，
小小白色精灵，像卓越的艺术家。

飘忽的身影，转瞬之间就已变化，
旋转跳跃中，只把晶莹水珠留下。

凝视珍贵的一滴，眼泪悄悄流下，
让爱慕的泪水，融进美丽的雪花。

捧起丝绸手帕，珍藏在贴心胸下，
圣洁的白雪，我心中永远的牵挂。

# 向东方

望着雪山我们走进了新疆，
心里怀着回到东方的理想，
脚下终于踏上祖国的土地，
义勇军一步步走向了阳光。

没忘掉帕米尔高原的险峻，
那洁净的白云飘在天山上，
归家的征途从脚下开始吧，
义勇军牢记着关东的家乡。

不惧途中狂风的巨大声响，
我们有高山岩石那种铿锵，
就像厚厚雪盖下面的小草，
中华民族千年生存的顽强。

浩荡长风是我们雄壮音乐，
四季的颜色是军队的衣裳，
黄河波涛在我们心中翻滚，

义勇军大步跨越巍巍太行。

战士带着坚毅无畏的目光，
手中的钢刀步枪闪闪发亮，
向着东方的家乡快快奔去，
那里是抗击侵略者的战场。

# 沙枣花开

沙枣花开在西域的河边，
神秘的香气飘散了千年，
在桃花盛开又凋落以后，
它才羞答答地绽放林间。

沙枣绿叶泛着银光点点，
那紫色斑驳累累的树干，
嫩嫩的花蕾在枝头舒展，
布满了淡黄的花蕊串串。

荡漾出阵阵迷人的香气，
向着整个伊犁河谷蔓延，
微风轻轻吹拂花香飘远，
花朵的碎金把喜悦点燃。

经过那开花的沙枣林间，
折下几枝花串放在耳边，
芳香沁人心脾令人陶醉，
我把心留在那伊犁河边。

# 沙与湖

柳湾湖，水面辽阔烟波渺茫，
湖水碧绿，又变得湛蓝荡漾。
斑斓色彩，是云彩变幻无常，
如百里镜空，包罗万象。

长龙似沙垄，沙丘连绵起伏，
瀚海柳浪恢宏，沙漠白茫茫。
红柳摆着手，梭梭茂密慌张，
飘逸的芒草，和高大的胡杨。

沙拐顶着绿，骆驼刺矮且胖，
沙枣串串，还有地上的麻黄，
出没其中，是野兔狐狸和狼，
柳湾湖，沙漠和湖水的景象。

# 亲　人

我是孤儿流浪在天地间，
是你给了我军营的温暖，
从此战刀马枪成为伙伴，
我骑着马儿驰骋在草原。

你教我热爱自己的家乡，
把那些掠夺者仔细清点，
战刀深深刺入敌人胸膛，
我瞄准射出仇恨的子弹。

多少次战斗的流血流汗，
冲锋号一吹你奋勇当先，
战火下你救出我多少次，
你为伤病员端来菜和饭。

平时你教我读书和写字，
我牢牢记住忠诚和背叛，
你就是我的父母和亲人，
满德呼时刻在把你思念。

# 宝格达山

科尔沁草原上矗立着神圣大山
五彩的祥云千百年保护着草原
草原的人们敬献着圣洁的哈达
在那科尔沁有神圣的宝格达山

高山上的敖包展示着草原信念
雄鹰高空翱翔看护着圣山草原
河水流淌着草原对圣山的依恋
圣山恩德永远珍藏在牧人心间

啊哈嘿呦……我们的宝格达山
您永远保护着我们科尔沁草原
啊哈嘿呦……神圣的宝格达山
您是草原牧人心中永恒的圣山

# 家 乡

科尔沁草原如同美丽的少女，
霍林河像她的长发弯弯曲曲，
她伴随在我的身边亭亭玉立，
我的眼前展现着家乡的美丽。
啊哈嗬咿，我的家乡珍贵无比。

跨上骏马去追赶春天的足迹，
苍天嘱托我把家乡草原留意，
家乡春色感动得我泪流满面，
那草原姑娘一直在我的心底……
啊哈嗬咿，家乡一直在我心里。

# 春 天

淅淅沥沥的小雨啊，
是长生天送给春天来沐浴，
万物已经苏醒在欢天喜地，
草原上充满着勃勃的生机。

昨天小草还在发黄卷曲，
周围树木的枝条干枯细细，
当春风带着细雨拂过草原，
世上万物享受春天的气息。

科尔沁草原是那一望无际，
花朵儿点缀着辽阔的碧绿，
我们每个经过家乡的牧人，
都会随着春天来绽放自己。

# 二师军歌

昨天我们来自遥远的地方
中华就是我们美丽的故乡
父辈为国家的荣誉而征战
勇敢无畏地驰骋在疆场上
啊，战士的灵魂就是勇敢
祖国会保佑她的儿女安康

今天我们来到了异国他乡
万里行军是为了回到家乡
我们的家园敌人正在逞狂
为驱除日寇我们英勇顽强
啊，战士的灵魂就是勇敢
祖国会保佑她的儿女安康

# 爱情的蜿蜒

我们的爱情不是简单的浪漫
心底有爱不会离开爱人很远

虽然无数河流汇入贝加尔湖
安加拉河是贝加尔唯一挂牵

我对塔缇雅娜心中宠爱万千
爱情道路曲折像安加拉蜿蜒

不管我和我的军队走到哪里
无论途中遇到多少险阻艰难

在我的心中永远牢记着爱人
是塔缇雅娜姑娘美丽的双眼

时刻牢记爱人那深情的期待
心中在迎接贝加尔湖的湛蓝

# 我爱你，在那贝加尔的湖滨

我爱你——
像飘来的白云下起了绵绵细雨
贝加尔湛蓝的湖水上起了涟漪
我们的爱情清澈而又宽广无际
就像那深不可测的贝加尔湖底

我爱你——
像一条贝加尔湖里欢乐的游鱼
时刻把爱情的阳光雨露来沐浴
心潮澎湃着爱的激情滋润心底
每时每刻都在赞颂着你的美丽

我爱你——
你在我的心里像阳光也是春雨
我仰慕着你的勇敢和你的美丽
你的善良贤惠是慈祥父母给予
又锻炼出庄严刚毅的军人威仪

我爱你——
就像在贝加尔岸边的白桦林里
淙淙的清泉愉快地向湖里流去
歌唱着心中的快乐而欢天喜地
那是因为你给我带来幸福慰藉

我爱你——
你像是白桦在贝加尔湖边挺立
我像松榆陪伴白桦的高贵秀丽
闻着白桦姑娘的馨香不断陶醉
发誓要和你永远地并肩在一起

我爱你——
真挚的爱情缠绕着全身的根系
我们的爱情胜过那千言和万语
我们一起迎接那朝阳微风虹霓
白云把祝福撒在甜甜的笑声里

我爱你——
让爱情考验我们不惧狂风暴雨
共同抵御那寒风暴雪震天霹雳
不同的树木根系缠绕不离不弃
爱的千丝万缕使我们终身相依

我爱你——
你是个坚强刚毅的俄罗斯美女

人民手中所向无敌的刀枪剑戟
你就是军队中盛放的鲜艳花朵
代表忠于伟大军队辉煌的火炬

# 白桦公主

小时候我常常梦到童话
这个梦陪随我渐渐长大
一位仙女骑着飞翔骏马
云朵是身上飘逸的白纱

她向我招手说跟我来吧
有一位公主在远方的家
她和你有着今生的爱情
我是来向你把喜讯传达

我张开自己的翅膀飞翔
在云层风暴里奋力挣扎
来到遥远又寒冷的北方
蓝色冰面大雪飘飘洒洒

在蓝湖旁边我轻轻落下
一眼看到披着银霜的她
那是一株美丽的白桦树

亭亭玉立而又洁白无瑕

看着那冰雪覆盖的白桦
毛茸茸的枝上冰凌满挂
雪做的衣边像流苏闪闪
透明而清澈美丽又光滑

寂静笼罩我的白桦公主
乌云渐散还飘落着雪花
升起的阳光向枝头飘洒
四周映照着红色的朝霞

这时候有人在和我说话
就是那位公主也是白桦
我在俄罗斯土地上长大
这里田野森林美丽如画

每年春天都绽放出新芽
我会等待你到来的刹那
你就是白桦公主的爱人
我们的爱情会根深叶发

眨眼间我的梦又被惊醒
可这样的梦陪伴我长大
二十年我每天都会想她
遥远北方那位美丽白桦

在梦里你为人朴实无华
天仙般的容貌世人惊讶
今天我已经来到你身边
我的公主就是塔缇雅娜

# 安宁的塔城

河流在美丽的城市交汇和相融，
然后再轻轻地流淌着穿越城中，
带着水流的灵动带着绿的多情，
河水的世界满目生机便是塔城。

人民的质朴再加上历史的遗存，
这座城市充满安详和谐的宁静，
人们轻轻迈着柔和舒缓的脚步，
不愿意把睡美人般的塔城吵醒。

这是可爱的家乡她在我的心中，
就像美丽的姑娘和我定了终生，
为了可爱的家乡我愿献出生命，
让塔城永远保持着和平和安宁。

## 美丽的塔城

一个人，想要了解塔城，
最好在城市里漫步而行，
这里的河流交叉而纵横，
街道的两旁绿树已成荫。

田野里充满泥土的芳香，
微风轻轻地飘散在空中，
绿草的气息沁人的心脾，
让人感到那惬意和舒心。

漫步走在那跨河大桥上，
哗哗的水流声悦耳动听，
沿河生长着茁壮的大树，
自然形成了精美的园林。

这里的人民善良又热情，
真诚地对待远方的客人，
无私地奉献自己的所有，

时刻感受到那火热的心。

我爱新疆但更热爱塔城，
这也是家乡有父老乡亲，
我们虽然来自祖国东北，
为塔城我也愿献出生命。

# 美丽的新疆

我来到新疆，这片神奇的土地上，
看到美丽的冰川雪岭，与戈壁茫茫。

明镜般的高山湖泊，那里碧波荡漾，
一望无垠的林海，覆盖在天山上。

一泻千里的河流，如此浩浩荡荡，
万顷碧波的草原，到处是成群的牛羊。

有戈壁的光怪陆离，还见过大漠的安详，
最为神秘莫测的，是那海市蜃楼的景象。

草原上圆顶座座，那是牧人的毡房，
古老的传说在哼唱，这就是美丽的新疆。

# 新疆的四季

新疆的春天，唱着漫山遍野的粉红曲，
那是美丽盛开的杏花，飘落的花瓣雨。

新疆的夏日，到处盛放着紫色的仙女，
浪漫的薰衣草花香，飘荡着沁人心脾。

新疆的秋色，喀纳斯湖水的湛蓝涟漪，
绚烂的五彩红叶，漫山遍野呐喊摇旗。

新疆的冬季，自由雪国令人连连称奇，
银装素裹的大地，雪被下松林的不屈。

人们偏爱的地方，你的美在一年四季，
到处像童话一般，是天山南北的旖旎。

# 塔城美

我的家乡塔城，那里有美丽的蓝天白云。
雪山的高耸，下面是绿色的草原和森林。
牛羊在草原上惬意地享受，春天的温馨。
我的马儿在蓝天之下，欢快地奔跑不停。

鸟儿唧唧地鸣叫着，像天籁一样的动听。
春天的花朵鲜艳，塔城的姑娘美丽动人。
穿城而过的河水，像轻快弹拨着六弦琴。
塔城最美的乐曲，是那小河流水的叮咚。

# 巴音布鲁克

开都河，流经了巴音布鲁克草原，
绝妙的图画，美得让人心灵震撼。

群马在疾驰，举起勇敢的套马杆，
牛羊像天上的白云，落在了草原。

远处洁白的毡房，升起袅袅炊烟，
那手把肉已经装满，额吉的托盘。

荡气回肠的乐曲，在黄昏的草原，
马头琴手拉着，如泣如诉的琴弦，

在奶茶的清香中，夕阳余晖渐渐，
融进了开都河愉快的，流水潺潺。

# 回 家

回家的路怎么那样漫长，
我们一边流泪一边歌唱，
歌唱着重新获得的自由，
思念亲人的眼泪在流淌，
走啊走啊……
归乡的路还在远方。

回家的路怎么那样漫长，
狂风暴雪陪伴我们身旁，
白山黑水在向我们招手，
想到祖国我们欣喜若狂。
走啊走啊……
归乡的路还在远方。

回家的路怎么那样漫长，
我们饥饿的步履在摇晃，
在西伯利亚狂风中挣扎，
我们面对敌人意志坚强。

走啊走啊……
归乡的路还在远方。

归家的路还是那么漫长，
沿途的牺牲鲜血在流淌，
我们经历过无数的苦难，
钢铁男儿也会眼泪汪汪。
走啊走啊……
归乡的路还在远方。

归家的路还是那么漫长，
终于跨进了祖国的新疆，
各族人民待我热情似火，
每个人都是真诚的目光。
义勇军还要前进……
我们要回到家乡的战场。

# 沙 暴

在荒凉而沉寂的，戈壁滩上，
狂风专注地，演奏着每一场，
吹奏起，狂躁音乐的交响曲，
给这戈壁，增添更多的悲凉。

沙粒石子，暴戾的那样张狂，
撕裂大地，看它暴怒的模样，
狂风遮住了，长生天的眼睛，
戈壁滩，张开了锋利的牙床。

极不自在，刚刚露脸的太阳，
瞬间就消失得，暗淡而无光，
天地重又复陷的，浑浑噩噩，
难道这是，远古的混沌天象？

沙暴是长生天，发出的警告，
令人毛骨悚然，可怕的现象，
过去树木水草，丰美的家园，
如今满目的凄凉，远走他乡。

# 山丹马场

草原上美丽随处可见，
野花丛生在争奇斗艳，
山丹和玫瑰花朵粉团，
异彩纷呈清香花草间。

虫鸣雀跃蜂飞蝴蝶现，
山鸟啁啾优美迷人叹，
金黄色庄稼耀眼夺目，
无垠的祁连白雪震撼。

绿如碧玉的辽阔草原，
星罗棋布的牛羊马群，
牧马人的歌声悠扬曲，
浓墨重彩的西部田园。

# 怪石林

一道道山岭是怪石林的身躯臂膀，
一座座山峰是怪石林隆起的脊梁，
连绵的山岭恰如翩翩起舞的美女，
山峰顶天立地如蒙古汉子的刚强。

刚柔交相辉映，表现着一种力量，
山崖姿势陡峭，山峰迎着那朝阳，
山势变化山谷的曲折，峰回路转，
走进深不可测，天上神仙的家乡。

# 石林峡谷

石峰石林和丘陵，千年风蚀的山岗，
石洞石缝穿梭其中，登上高峰瞭望，
南面雄浑大漠，巴丹吉林无边无际，
北眺阿拉善的戈壁，那黑色的苍茫。

榆树蒙古扁桃，在山石狭缝中成长，
不畏严寒干涸，花朵蓬勃争相怒放，
千百年，多少民族在这里和睦相处，
阿拉善石林峡谷，无限魅力在展望。

# 石　林

草坪之中丛树之上，怪林山石在齿齿相望，
蝶状端立锥柱笔状，百态各异的神奇景象，
站在高处星星点点，千石百态的无限风光，
在阿拉善怪石林峡谷里，战士们欣喜若狂。

阿旺丹德尔笑面睡佛，栩栩如生气势辉煌，
宽广草甸流淌的溪水，成片风蚀怪异花岗，
仿佛走进了一个，深不可测而神秘的仙境，
阿拉善怪石林大峡谷，是充满梦幻的地方。